思情话忆

Chen Si Si

陈思思 著

长江出版传媒
长江文艺出版社

思

情

话

忆

Chen Si Si
陈思思

推荐语

RECOMMENDATIONS.

郭淑珍

著名女高音歌唱家、声乐教育家

思思志于道、据于德、依于仁、游于艺，数载辛勤奋斗终成“思言思语述心声”，多年正道前行汇聚“思情话忆记鸿篇”。

李光羲

著名男高音歌唱家、艺坛常青树

艺术与娱乐、玩闹之区别，在于思想和心灵。真正的美是拥有一颗优雅从容的心。

谢芳、张目伉俪

国家有突出贡献的电影艺术家谢芳、歌唱艺术家张目

谢芳：“思情话忆，话思情。”

张目：“这是一本积极向上、鼓舞青年奋斗精神的好书！定会得到读者们热烈的欢迎。”

赵忠祥

著名播音艺术家

当今歌坛青年才俊众多，而出书人很少。思思的歌唱得好，又有文才，肯下功夫。她把自己的艺术之路、处世感悟，写出发行，歌与文同传，让更多的人了解年轻的成名歌者讴歌伟大时代的深情、才情和心路思绪。正如她的名字一样，多思多悟，并“思路心声，守正创新”。

田青

著名音乐学家、非物质文化遗产保护专家

人们对美女常常有一种偏见，认为上天是公平的，不会把颜值与智慧给同一个人。但是，上天偶尔也会犯“偏心”的错误，不信你就看看思思的这本书吧！

颂今

著名音乐人、词曲作家

岁月如歌，书如其人。思思的书和她的歌声一样美好清丽，充满生命的华彩。作为老师，为有这样的学生感到骄傲。作为同行，甚感励志！开卷有益，推荐给大家！

姜昆

著名相声表演艺术家、中国曲艺家协会主席

思思唱歌，不光用喉咙，更多的是用心，每一个音符、每一句旋律都有她的愿景，她的情丝。这样她的歌声中就充盈着用心仪涂抹的绚丽的彩霞，铺满了生活的灿烂的阳光。

高凯明

著名散文家

思思是位高颜值的青年歌唱家，她的歌声是一种颜值，她的文章是另一种颜值。读思思的新作《思情话忆》还是抑制不住闪心的激动，这与她十年前出版的《思路花语》一样，充分体现了她的写作个性：文章一是有意义，有家国情怀；二是有意思，有个人的喜愁哀乐。美哉《思路花语》，壮哉《思情话忆》。

成龙 Jackie Chan

国际巨星

跟思思合作过很多次，非常喜欢她的歌声。听说这位才女要出书了，我很期待看到她的文字，相信她的文字能像她的歌声一样，给读者带去美好的力量！

冯双白

著名舞蹈理论家、中国舞蹈家协会主席

思考着日日精进的艺术攀登之路，思想着岁岁收获的人生探索结晶，思思的文字，发乎她的内心，源自她的生命！

潘长江

著名喜剧表演艺术家

书是人类进步的阶梯，书是全人类的营养品。一本好书会带给我们丰富的知识和无尽的快乐！思思的歌悦耳动听，她写的书滋养精神 。朋友们，你喜欢看书吗？老潘把这本书推荐给你。送你一份精神大餐。

凯丽

著名影视表演艺术家

期待“诗情画意”的思思携美文“思情话忆”与她的观众以另一种形式见面。永不满足已取得的成绩，一直一直向前奔跑的思思未来一定会更好。祝福亲爱的思思！

蔡国庆

著名歌唱家、国家一级演员

这就是思思要表达的一种人生美感，生命的气质和生存的态度与人性的温柔与包容。作为一名歌者她是有名的，是令人喜爱的。她不仅在歌声里巧用情思更在自己生命的征途上丝毫不懈追求卓越！

郎朗

著名钢琴演奏家

读思思的作品，感觉是晓风扑面，清香满满。畅快的文字，感人的故事，就像美妙的音乐在心里流动，亦真亦幻，亦如追忆的浪花在江面逐波，真是一幅好画图。对新书的问世诚挚道贺！

序

PREFACE.

荡起心灵的双桨

思思是一个很独特、很有意思、让人感到轻松的女孩。

第一次认识她，是在深圳，在火红的木棉花盛开的季节里。听她如数家珍般谈起我的作品，说那首《心中的玫瑰》是她母亲的最爱，因为她就是母亲心中那朵盛开的玫瑰，而这朵玫瑰是母亲用生命的泉水灌溉栽培的。当时便觉得这是一个清丽灵动、睿智感性、会用心灵和人交流的女孩。在她身上蕴涵着一种欢快而轻柔、灵动而飘逸的气质，不经意间的流露，很让人感动。和她谈话很快乐，很惬意，就像面前有一条美丽的小河在阳光的照射下缓缓地流淌着，而迎面吹来的是凉爽的风。

这种感受同样也存在于她的歌声中。

作为一名民歌手，思思的艺术之路，应该说走得很精彩，很成功。歌如其人，她的歌声就如她的人一样，充满了张力，充满了激情，流淌着灵性。我相信那是源之于她心灵的歌声，她把她的心和情融于其间。唯其如此，那种对生活对作品的超强感受力和天赋才华的完美结合，方能产生那宛如天籁的声音。看来，老天很眷顾思思，赐她灵感，予她神韵。

这个探索“新民歌之路”、在古典和时尚结合的边缘游走的女孩，想让人不感到耳目一新都难。当她拿着《思情话忆》恭恭敬敬地递到我手上，请我为她作序时，望着眼前这个一身戎装、英姿勃发、给人以全新的感觉、快乐而充满朝气的女孩，不，应该称之为军旅艺术家，我真的感到有意思极了。

《思情话忆》，一个很有诗意的书名，内容却是平常生活工作的点滴。然而正是这些平常真实生活工作的心得，让你觉得思思是在用心生活，用心工作。那些来源于生活来源于工作来源于自然的美好感受，那些来自于灵魂深处的动听的呢喃，很像思思和人交往的风格，让人感到很轻松，很快乐，很惬意。会让人觉得只要有心，生活处处有风景。

而思思，无论是作为朋友、艺术家、军人，还是作者，都会让人感到耳目一新，她的独特，她的有意思就在于此。

阳光满天，绿荫满地，花也欢喜，鸟也欢喜，在这个花香鸟语装点的新时代里，相信思思这朵母亲心中的玫瑰会越开越美丽，这只新民歌之路上的“军中百灵”的歌声会越来越动听。愿她荡起心灵的双桨，载着她的《思情话忆》，划向美丽幸福的远方。

此为乔老爷子给这位独特的、有意思的小“忘年交”的祝福，我想也应该是所有喜欢思思关心思思的朋友们共同的祝福。

是为序。

乔羽

思情话忆 # Contents

Thoughts
&
Words

NO.

1. 梦起

细雨湿流光

岁月与我共同雕刻了梦想

NO.

2. 梦寻

梅花香自苦寒来

找到自己，世界才会找到你

NO

3. 梦圆

沐春风而思飞扬

幸福，就是做自己喜爱并擅长的事

NO.

4· 思情

不忘初心，方得始终

愿所有努力的我们，都能被世界温柔以待

梦起

细雨湿流光

岁月与我共同雕刻了梦想

NO.

1

Chapter

一

01

我是母亲今生的梦

◁ 和母亲合影

母亲经常对我说起一个梦。

她说，在我出生前一个时辰，她梦到满天绚丽的霞光里，一只美丽的凤凰绕梁飞至，母亲瞪大了眼睛，不可思议地看着凤凰……伴随着这美妙的梦境，母亲孕育生命的阵痛开始，随后，我呱呱坠地，而母亲还沉浸在那个妙不可言的梦境里，这如梦如幻的美梦极大减轻了她生育过程中的痛苦。

梦由心生。

那个梦凝聚着母亲一生的追求、渴望和梦想。戏校毕业的母亲拥有过人的艺术天赋，年轻时的她曾是家乡屈指可数的艺术人才之一，可惜她生不逢时，刚毕业没有多久，“文革”开始，她的艺术生涯随之中断。再后来，母亲就和那个年代的很多人一样，按部就班地成家生子，但我想，她心中的艺术之梦并没有熄灭。

那时，母亲生活得并不轻松。父亲常年远在外地工作，母亲一人在家，上要奉老（母亲的奶奶），下要养小（我姐姐），身体里还孕育着一个我，同时要兼顾工作——那种忙碌和艰辛可想而知。但是，无论生活多么艰难，母亲从来都没有停止追求，她将自己对艺术的热爱融入生活的每个角落，她希望用心中的梦想点燃孩子生命中的火花。

于是，有了那个凤凰之梦。

我想，对于母亲而言，那个梦的意义非比寻常。那不仅仅是一个转瞬即逝的梦，而是承载着母亲对未来生活全部的美好憧憬和渴望的一个梦。那个梦，让母亲熬过了生活的艰辛和困顿；那个梦，让母亲在岁月的摧残中仍保持着美丽。那个梦给了她莫大的勇气、信心和希望，她始终认为那是上苍给她的某种暗示，而我，自然便成了她梦里的那只凤凰。在此后的时光里，她毫不怜惜地挥洒着自己的青春和热血，用她全部的爱为我织就起万缕霞光。我在那满天的霞光里，快乐地成长，正如母亲梦里那只美丽的凤凰。

许多年过去了，岁月的风霜吞噬了无数的过往，很多事情母亲已经开始遗忘，唯有这个梦几乎贯穿着母亲的一生，无论何时何地，都无比清晰地刻在她的心坎上。

而我，感同身受地承载着母亲的这个梦，努力成为她梦里那只美丽的凤凰。

凤凰之梦，母亲的梦。

一个凝聚着母爱和梦想、点燃美丽生命的梦。

Chapter

—

02

童年的歌声飘小巷

我出生在湖南省常德市，湘西北一个古朴宁静的古城，那里历史悠远，风光旖旎，我儿时的时光，便是从一个叫丝瓜井的小巷开始的。

我至今犹记得，丝瓜井小巷里那条短短的青石板路，每逢下雨，就会水汪汪滑溜溜，湿润光亮，到了春天时，青石板路上就会适宜地长出青色的苔藓，鲜嫩可爱。我和姐姐曾沿着这条青石板路去上学，手里拿着姥姥（我母亲的奶奶）给我们做的饭团，身后是姥姥那悠长的叮嘱声："放学后，小的练声，大的监督。等你们妈妈回来检查……"

这些童年的印记，像是刻在了我的脑海里，永远挥之不去。

丝瓜井小巷虽不大，人却很多，一家挨着一家，错落有序。

每天放学后，我便站在家门口的青石板路上开始练声，姐姐在一边计量时间，到了母亲规定的时间后，我才能停下来。这期间，三三两两的小伙伴就会冒出来，有时他们看我练声，更多时候，他们却是想邀我一起去玩，我的心被小伙伴们撩拨得心猿意马，这时，从母亲那里领了尚方宝剑的姐姐便义不容辞地履行她的职责：一边瞪视着我，一边驱赶走小伙伴。偶尔，我实在难以

战胜孩子的玩心，脸上生出些许不满，但在姐姐和姥姥的严厉监督下，终究不敢轻举妄动，要知道，我母亲是出了名的严厉。

母亲最有名的一次严厉，是赏了我一记重重的耳光，时间久了，这一记耳光便成了“一巴掌打出一个明星来”的传奇素材。逢年过节，亲朋好友齐聚，大家便围着母亲讲起这个笑谈，哄然作乐，笑声不断。而我的母亲，往往是掩饰不住的一脸骄傲，乐此不疲地将这个经历讲了又讲。

那是我参加高考艺术专业考试时的经历。虽然母亲和姐姐寸步不离地守候在我身边，不时予我以安慰和鼓励，但我还是如坐针毡，异常忐忑，这让我与身边那些自信张扬的同学形成了鲜明的对比。我更是心慌意乱，心底仿佛生出了一张密不透风的网，将我席卷着，我想要逃跑。这种思绪，导致每场快轮到我上场时，我都要跑去卫生间。我那一直无所畏惧、勇往直前的母亲心急如焚，惴惴地跺着脚。可是我根本无法控制自己，考前等待的时间真的是一场煎熬和折磨，我想远远逃开，却被母亲押送回来，送进考场。尽管几场考试下来，成绩还算理想，但我在心里从未战胜过自己。

多年以后，成为心理学家的姐姐才告知我，我原来的那种表现，是典型的“考前焦虑症”，是学生的一种常见心理障碍，若不是母亲后来的那一巴掌，这种障碍很可能断送了我的大好前程。

记得是最后一场考试，人很少，个个都是百里挑一，竞争愈加激烈，而我的焦躁也表现得愈加淋漓，我不时飞奔向卫生间，恐惧控制着我的每一个细胞，让我几乎无法正视考场。母亲气极，指责我是害怕和逃避，而事实的确如此。等到喊我名字时，我的脚像是有了自己的灵魂，不是跨向考场，而是转身又奔向卫生间，怒气冲冲的母亲一把扯住我，甩手就狠狠扇了我一巴掌，还未等我有所反应，将我用力一推，我便犹如梦游般稀里糊涂地站在了考官们的面前。神奇的是，我的脸上火辣辣地痛，心却突然平静了下来，镇定自若地开口唱了起来。

母亲常说，台上一分钟，台下十年功。因为功底尚算扎实，而母亲的那一巴掌又将我的考前焦虑症解除，我不负众望地获得了当年常德地区专业考试第一名的好成绩。

如今想来，我最初的梦想正是从那条丝瓜井小巷起飞，我从平凡的小巷之家里走出来，从滑润的青石板路上走出来，开始了我的艺术之路，用勤勉做基石，一步步走向我的美丽人生。

2014 年赴湖南采风 △

Chapter

—

03

梦起丝瓜井

我的故乡充满着神秘和传奇，那些传奇像一片片瑰丽的花瓣，在我的记忆中开出鲜艳的奇花，最耀眼的，莫过于小巷附近直径五尺左右的丝瓜井。

丝瓜井于我而言，如梦如幻，每每想起，我心里便涌过潮水般的惊喜，连回忆都变得甜蜜起来。美丽的丝瓜井养育一代又一代的人，同时又勤奋地记录下无数人的苦乐梦想和奋斗脚步。丝瓜井畔，人们伴井而居，晨播晚息，过着和睦朴实的田园生活。

我记忆里最美好的画面，就是丝瓜井畔的那一个个夏夜秋日、冬晨春歌，这亦是我童年里最柔软的回忆。

每到夏夜，老人们就会带着小孩，一把蒲扇、一张竹床在井边依次摆开，在满天星斗与月光下，被孩子们缠着讲各种传奇的故事，那些故事像历史一样悠久而陈旧，孩子们日日听也不厌烦。若是白天路过丝瓜井，你就会看到女人们在井边洗衣，细细碎碎地讲着闲话；男人挑水时累了，歇息时便找寻女人们开心，女人们呼啦啦泼来一盆水，男人落荒而逃，井边顿时充满欢腾的笑闹声……

姥姥曾经告诉过我，很久以前的丝瓜井有河、有庙。

那时的常德城很小，丝瓜井南边有一条护城河，河水清澈见底，鱼虾嬉戏。春日里，流水潺潺，百花争艳，景色宜人；夏日里，大人小孩跳进河，游泳戏水，在骄阳下欢快地挥洒时光。

丝瓜井的东面曾是一座圣庙，庙宇气势恢宏，处处雕梁画栋，异常精美，

而顶上则盖着琉璃瓦，更是辉煌多姿。庙宇前建有牌楼，牌楼前是乌龟池，整座庙宇壮观蔚然，比南京孔庙还要大上几分。

丝瓜井有很多美丽的传说，那些传说像珍珠一样，让丝瓜井发出耀眼的光芒，其中最著名的，要数脍炙人口的经典爱情故事——“刘海砍樵”。

相传，刘海和母亲生活在丝瓜井畔，花鼓戏《刘海砍樵》里的戏词就是：家住常德武陵境，丝瓜井畔刘家门。刘海勤劳善良，非常孝顺。在刘海砍柴的花山一带住着一只修炼多年的狐狸精，已修成半仙，在即将修成正果时却突起凡心，倾心于刘海，于是取名胡秀英，执意嫁给了刘海。在庙里修炼的金蟾得知后，为得到胡秀英的宝珠，趁机作乱，逼其现出狐狸原形。刘海拿起砍柴的石斧与金蟾搏斗，夺回了宝珠，胡秀英重回人身。从此，他们过着男耕女织的幸福生活。

在另一个传说里，丝瓜井内的丝瓜就是当年刘海戏金蟾时所用金钱的化身。刘海用三个金钱吊金蟾，金钱掉进井里后变成了三根金丝瓜，井水舀入瓢中，则瓢中有瓜，注入桶中则桶中带瓜。

后来，人们为了纪念传说中的刘海，在丝瓜井旁曾修建蟾泉寺，供奉刘海神像。

中国古典的爱情故事里，几乎都充满悲情，《天仙配》里的董永和七仙女被银河相隔，《白蛇传》里的白娘子被压雷峰塔，梁山伯与祝英台殉情后化蝶双飞，刘兰芝与焦仲卿死后鸳鸯相鸣，孟姜女的千年一哭，杜十娘的红颜一怒……这些唯美动人的爱情故事，大多以悲结局，让人唏嘘伤感，但刘海和胡秀英却顺利地跨越了人与狐之间的“银河”，战胜了金蟾的阻挠，幸福地生活在了一起，这种圆满，才是人们最期待的爱情结局。

丝瓜井也因这个传说，多出一些温情和浪漫。

而我，作为一名军人，最初的军旅梦正是从充满传奇色彩的丝瓜井开始。

那是上中学时的假期，一个阳光明媚的午后，妈妈带着我和姐姐去丝瓜井旁的亲戚家串门。远远地，我看到一位英武阳刚的年轻人穿着一身戎装，正站在井边打水，待我们走近时，才认出那位年轻人正是我家的远房亲戚。他见到我们，马上立起身，放下水桶，双脚一并，向我们行了一个非常标准的军礼。

当时，阳光正好投射在他的脸上，他庄严刚毅的脸庞上散发出白色的光晕，闪亮而神气，我目不转睛地望着他，心生羡慕，对于军人在崇敬中又多了份向往与期待。之后，我对妈妈说想穿军装照相，妈妈爽快地答应了我的要求，找人借了一套军装，带我去了照相馆。穿上军装的我揽镜自照，硬挺的绿装衬着青春的笑脸，英姿勃发，别提有多漂亮多神气了！从那时开始，在一片赞誉声中，我恋上了绿装，开始了对成为一名军人的期待和梦想。

如果说，家乡的小巷为我打开了一条艺术之路，那么，美丽的丝瓜井在冥冥中开启了我的从军之梦。

我的故乡，于我而言，充满着神奇的力量。

Chapter

—

04

乡愁的思绪

在我心中，这天底下最美味的食物，便是我家乡的米粉。

前些天，老家的朋友来北京时给我送了一箱米粉，我如获至宝，思绪一直随着米粉四溢的香气飘荡。

每个人的心里都有一方魂牵梦萦的土地，这便是故乡。我们常常不自觉地把故乡具有某一特征的事物或者某种味道的食物当作故乡的化身，于是它便成为这世界上无法替代的符号。此时此刻，故乡于我，就是我捧在手中的这一碗常让我千思万想、回味无穷的米粉。

我的故乡，素有“鱼米之乡”的称号，山清水秀，风光旖旎。沅水是她的面庞，德山是她的脊梁，川紫河是她滚热的胸膛，柳叶湖是她千绕百结的柔肠，还有举世闻名的常德诗墙……故乡虽小，却有无数的美景和风物，源远流长的历史，唯美可述的传说，让你生出无穷无尽的遐想。

我的故乡，梦里思她千百回的故乡啊！此时此刻，隔着千山万水，我对她的万千念想如海潮般漫过我的全身，倾注在手中这碗打着故乡烙印的醇香的米粉里，悠悠袅袅。

我离开故乡在外闯荡多年，曾品尝过无数的美味，但那些滋味犹如生命中的过客，人走味凉，一尝即忘，从不曾在我心底里激起再次品尝的渴望，独独这故乡米粉的味道，却像刻在舌头上，如何都忘不掉。那种宛如玉兰花般的纯白，栀子花般的馨香，柳丝般的绵软、悠长，释放出独一无二的气息，吸溜上一口，便觉满嘴醇香，这种味道，早已渗透到我的味髓、我的灵魂之中，甚至根植于我的生命中。

记得儿时，每当我生病或者胃口不佳，一碗香喷喷、热辣辣的米粉便可驱走我所有的不适，为此，母亲便把它当作给我开胃的“良药”。常德城中有一家叫“清真第一春”的米粉店，我曾是那里的常客，各种味道的米粉让我百吃不厌。直到现在，只要我有机会回故乡，第一件事就是让亲朋好友陪我去吃那里的米粉——美美地吃上几顿，舒爽极了，所有的疲惫便都烟消云散了，所谓治愈系的美食，大抵如此吧！

因此，故乡的亲朋好友来北京看我或母亲时，总会捎些米粉给我，我如获至宝般收藏起来，一点一点地慢慢品尝，以缓解我垂涎欲滴的味觉想念。

其实，别处并非没有米粉，也许更加鲜美，但奇怪的是，不论如何美味，如何闻名，总不如故乡的米粉那么清香。或许，正是“一方水土养一方人”，美味也是由一方水土酿成的，故乡那秀美的山水酿就了米粉独特的香味，又将这一方儿女滋养得妥帖适意，所以无论何时，品上一口这样的米粉，便通体舒展。由此看来，能逗引出回忆最好的媒介，就是味道这东西了。

我们每个人回望过往的日子时，彼时的情景、故事、心境皆可能已经模糊掉，那时的气息、光影也已物非人亦非，唯有味道，却被镌刻和铭记。时光将味道烙在了我们的味蕾上，随生而生，永不磨灭。

米粉的味道深植在我的记忆中，它在我的身体里生根、发芽，无论我离开故乡多少年，无论我尝过多少美味，我始终想念的还是故乡米粉的味道，就像故乡的人和物，不自觉时常浮现在我的脑海中一样。

而今日，我家乡的所有味道和美好记忆，便藏在这回味无穷的米粉里。

Chapter

—

05

心中的沃土

厚德博雅
担当有为

每个人心中都有一块圣地，于我而言，最神圣的那块土地，就是我的母校——常德市第七中学。

就是从那里开始，我怀着赤诚之心，一脚踏入了艺术之门。

今年，母校常德市第七中学为了加强对下一代的教育和树立良好典范，邀请我参加了军旅艺术家进校园的活动。一起同行的还有中国人民解放军中将李运之，海政文工团男中音歌唱家、国家一级演员霍勇，解放军艺术学院音乐系副主任、办公室主任文刚，全国知名青年歌手宋歌等。

在我踏进母校的大门时，时光仿佛倒流了回去。母校的一草一木、一砖一瓦无不让我感到熟悉又怀念，一瞬间像是回到了我的少女时代，过去的一个个画面在我眼前不断重现：那一段段熟悉的校园往事，那一个个神采飞扬的青春身影，交织成一幕幕鲜活的场景，排山倒海般向我袭来。

我的心亦如海浪般翻滚——

耳边回荡起数年前带领同学们早读时那充满稚气的声音；

眼前闪现出与教化学的丁老师，穿着破衣烂衫同台演出《手拿碟儿敲起来》的画面，生动而有趣，至今难忘；

我想起了对我充满希望的老校长、谆谆教导的班主任，还有我青春张扬的同桌……

我的思绪在这些遥远的记忆里缠绕着、激荡着，久久无法平静。

走进演播厅，母校七十周年大庆时热闹非凡的场景和感人肺腑的情景仿佛历历在目。我好像又置身于那由一张张稚气青春的笑脸组成的海洋里，我想起了自门缝传来的小小的声音："请开门吧，我是给思思老师送水果的。"因为我一刻没歇地签了两个小时的名，助理见我太累，忍不住关上了接待室的门，想让我休息一下。可是，那是些多么聪明热情的孩子们呀！他们巧妙地以送水果的名义让助理开了门。随后，我便被欢乐的潮水淹没了，尽管我头昏眼花、手臂发酸，但面对那一张张热情阳光的笑脸、那一双双伸着的小手，无论有多累有多难，没有人能够拒绝他们、让他们失望，何况彼时彼刻，我的心里充满了感动，他们的天真可爱，感染着在场的每一个人。后来在和孩子们同台演出时，我特意向母校赠送了一块写满我的祝福和感激的匾：桃花潭水深千尺，不及母校育我情。如今，那块匾被收藏在学校的校史馆里，这是我莫大的荣幸。

创办于1912年的母校，前身为武陵县府“育德女学校”，1962年更名为常德市第七中学，开始男女合校办学。2003年进入“湖南省重点中学”“湖南省示范性普通高级中学”行列，母校以它悠久的历史和深厚的文化底蕴培养了无数栋梁之材。

我当年就读于母校的艺术班，从这里开始，我一步步踏入艺术殿堂，开始了我永无止境的艺术学习。

在学校的安排下，我和其他嘉宾一起参观了学校校园、校史馆和艺术教育中心。母校变得越来越美丽，越来越耀眼，感慨之余，我将千言万语化成感恩、感动、感怀以表达自己的心情：我感恩于学校的栽培与鼓励；感动于母校的发

◁重回母校合影

展成就以及亲切关怀；感怀于我的母校作为常德艺术教育的一张名片，不忘初心、继续前进，培养了大批艺术家人才。

我向母校的学弟学妹们分享了我的心声："学艺术的人一定要有自信，自信源于基本功，在校园就应该打好基础，不管学什么艺术，自信的人最美，在自信当中我们能找到一种魅力，每个人的魅力都是不同的，都是独一无二的。希望校园多给学生实践的机会，只有在实践中才会有更深的体会。"

精彩纷呈的军旅文化艺术活动在宋歌《精彩时代》的歌声中拉开帷幕。接着，霍勇带来了《四渡赤水出奇兵》《当那一天来临》，慷慨激昂；文刚的《多情的土地》《滚滚长江东逝水》更是军歌嘹亮，振奋人心。而母校的艺术教师、艺术专业生带来的古筝《站台风》、合唱《哥哥不来花不开》《我的爱人你可听见》《拥抱新时代》完美体现了该校艺术教学的多样化、艺术舞台的丰富多彩。最后出场的我毫不犹豫地一口气献上了三首歌曲，并与学弟学妹们同台演出。

掌声，喝彩声，欢笑声……在这一片欢乐的海洋里，军旅文化艺术活动完美谢幕，看着一张张洋溢着青春的笑脸，我和他们一样兴奋激动，对于母校的自豪感油然而生，急切地期望着，这些莘莘学子拥有更加明媚的未来。

是的，是这块土地养育了我，是我的母校培育了我，这里曾记载着我所有青春的喜怒哀乐，在这里，有我天真无邪的笑容，有我播洒汗水的脚步，有我纯真可爱的同学……无数难忘的岁月，如今都成为最美好的回忆，但无论我离开多久，无论我走得多远，这一块圣地如珍宝般，永久珍藏在我心中。

难忘母校，那是我生命中永远的圣地！

梦寻

梅花香自苦寒来

找到自己，世界才会找到你

NO.

2

Chapter

—

01

一曲成名上春晚

◁ 1995 年在深圳大梅沙

说起我的艺术之路，所有人都不约而同会想起我的成名曲《情哥哥去南方》。

《情哥哥去南方》让我和我的恩师颂今老师相遇，也让我因此成为大陆第一位签约的民歌歌手；也是这首歌让我夺得了当年中央电视台中国 MTV 大赛的奖项，让我第一次登上了春晚的舞台；也正是这首歌与于文华、尹相杰演唱的《纤夫的爱》南北呼应，在神州大地掀起了一股新民歌热潮。

对我个人而言，《情哥哥去南方》是我艺术人生上的里程牌；从时代的角度而言，这首歌是当时社会的缩影。好的艺术作品都是源于生活，《情哥哥去南方》真实地反映了20世纪90年代的打工潮时期年轻人的爱情，而且，因为《情哥哥去南方》这首作品，我更是经历了生命中一段难忘的往事，那是我一生中珍贵的回忆之一。

火车汽笛声声响，
小妹妹我送情哥去南方。
南方的世界多繁华，
南方的高楼霓虹亮，
妹妹我在家中天天把哥想，
千万莫忘家乡的山花香。

当这首歌的旋律从我心间流动时，我的眼前便会浮现出深圳——那座木棉花盛开的美丽城市。作为改革开放的前沿，深圳无疑是一个充满机会、激情和梦想的城市，若是你曾怀着梦想在此地驻足过，相信这个大都市的身影会在你的生命中烙上深深的印迹，让你时刻回味，无法忘怀。

《情哥哥去南方》的创作场景就产生于这样的一座城市，诞生于木棉花盛开的时节里。

90年代，“打工潮”方兴未艾，无数的人带着改变命运的希望以及实现梦想的渴望，远离故土，别爱离亲，扑向深圳这块热土，各种梦想在这里碰撞，伴随着城市的瞬息万变而浮浮沉沉。《情哥哥去南方》反映的就是这种时代大背景下送别的情怀和不舍，唱出了无数打工者的心声，也让我在打工者真实淳朴的情爱世界里游历了一番。怎能忘：

火车轰鸣，汽笛声声，情妹妹追赶火车与情哥哥挥手惜别的离愁；

野花盛开的农家小院里，情妹妹低头为情哥哥缝补衣裳的柔情；

乡间小路，情妹妹挽着包袱，对情哥哥千叮万嘱的不舍之情。

……

一个个情景，一番番细语，一丝丝情意，都随着这首歌，镌刻在我的生命中，让我每每回忆起来，便深受感动。

在拍这首歌的 MV 时，我要扮演情妹妹，为了达到最真实最完美的效果，我的恩师吴颂今老师让我像一个真正的情妹妹那样去体验生活，去深入了解一个乡村少女送别心上人到繁华都市时的矛盾和不舍交织的感情。于是，我在拍摄地的小山村里结识了生活中的“情妹妹”，一个美丽善良的山村少女闵文花。

文花的情郎是邻村的一个小伙子，二人青梅竹马，情投意合。春暖花开时，小伙子就要去城里打工了，留下文花妹妹，“在家乡，天天把哥想。”文花简直就是上帝赐给我的模板，一个鲜活灵动、内心丰富的情妹妹。

她向我倾诉着她对情郎的思念之情，对未来美好生活的憧憬。我每日里认真地琢磨她的一言一行，揣摩她的一举一动，感受着她纯情的内心世界，这是我难得的学习机会和生活体验，而我们也成了无话不谈的朋友。在 MV 中，我所穿的衣服大多都是跟文花借的，这个美丽淳朴的乡村少女深深打动了我，给了我无数的启发和创作灵感。

《情哥哥去南方》获得了中国音乐电视大奖后，我第一时间就激动地告诉了文花，让她和我一起分享这番喜悦。在我心目中，始终觉得这首歌是我们共同演绎而成的，她才是“情妹妹”的灵魂，而我只不过是做了演绎。

如今，当年“情妹妹”文花早已和“情哥哥”并结连理，相亲相爱，生活美满，而我也由南方的“情妹妹”走向北方，成了一名军旅歌手。这段美好的往事深深地留在我生命的记忆中，想起时，便会久久地陷入回忆里，回味无穷。

相信文花也如我一样，对这首歌有难以言表的情感。

《情哥哥去南方》，一首纯真爱情的赞礼！

《情哥哥去南方》盒带专辑封面▷

Chapter

—

02

新民歌之路

2006年10月12日，第八届CCTV—MTV音乐盛典颁奖典礼在北京北展剧场盛大举行。当时各大媒体争相报道，盛况空前。流行歌坛领军人物——周杰伦、张韶涵、陈奕迅、张惠妹、容祖儿等齐聚一堂，真可谓群星璀璨。

作为本次大奖赛唯一获奖的民歌手，我十分荣幸地参加了此次盛典。尽管，在一场“流行”占主导的盛宴上，民歌略显单薄低迷，但它毕竟是音乐中的一朵奇葩，辉映在“流行音乐”的这片繁花丛中，为流行音乐增添了绚丽的异彩，也注入了新的元素，音乐的多元化和丰富性正体现在这里。

自从踏入民歌歌坛起，我经常在经典和时尚中游走，在民歌与流行音乐里沉思，在两者中寻求平衡与创新，对传统民歌进行改良正是出于这样的情怀。任何事物，无论它多么经典、多么辉煌，如果不能和大时代紧密相连，不能被大众接受和喜爱，我相信，其生命力是不会持久和旺盛的。

近年来，“流行音乐”是“江山代有才人出，各领风骚数百年”，凭着不断地推陈出新，占领了音乐界的半壁江山。究其本质，流行音乐只要和着时代的节拍，追赶时代的浪头，就能抓住大众的眼球，获得大众的喜爱。而相比“流行音乐”，民歌要取得这样的成绩，它所要走的路崎岖艰难许多，因为民歌承载了诸多的精华，是传统文化长久以来的历史积淀，显得有些厚重，这样的辉煌和经典如果不能在现实生活中得到应有的发挥和燃放，它就会一点一滴地暗淡下去，继而让人淡忘；即便能够传承，也只是部分人“怀旧”的情怀，无法进入音乐的主流。

基于这种深思与责任感，我在民歌的演绎中加入了新的元素，我所演唱的绝大部分歌曲也被大众称为“新民歌”，深受大众的首肯和喜爱，让我欣慰至极。所谓新民歌，就是将某些富有时代气息的流行元素注入传统民歌的精华里，让它们能够兼收并蓄，相得益彰。这样一来，传统民歌强大的生命力便不可遏止地爆发出来。

对于这种创新，我感触颇深。

众所周知，作为通俗言情片的经典作品之一《还珠格格》，该片的插曲原来全部由通俗歌手演唱，之后我作为民歌歌手，很幸运地被琼瑶选中。琼瑶根据我的声线特点增添了一些国乐元素，让我演唱起来得心应手，传统民歌的精华淋漓尽致地贯穿到这部备受追捧、极合大众胃口的通俗言情剧中。这次尝试意义深远，为我的民歌创新打开了一扇窗户，取得了较好的艺术效果。

我的另一首 MV 单曲《梦入桃花源》， 则是将古老的传说用现代高科技的技术打造后，融入传统的民歌之中，将之演绎升华。且不论画面多么让人惊艳，类似电影大片的拍摄手法更是让人叹为观止，很多人看后发出感叹——原来传统的民歌还可以这样表现。

在我所演唱的歌曲中，这样的新民歌还有很多很多。

在演唱《美丽之路》时，我颠覆了传统民歌温婉恬静的风格，融入了富有时代气息、极具动感的舞蹈，让人在品味传统民歌精华的同时也能感受到时尚的旋律；演唱《拥军爱民》时，我借助同样具有时代感染力的恢宏大气的场景，使得这首歌动感十足，气势撼人……

类似这样的尝试和体验，我经历了许多。这种尝试，既非“前无古人”，也不是“后无来者”，于我而言，只是初步的自我摸索和创新，获得的也只是一些浅显的体会和心得，若想取得更大的进步，还需要大家的共同努力。

就文艺来说，推陈出新才能百花齐放。传统民歌在承继传统特色、传统风格的同时，只有不断地进行创新才不会停滞，才不会被时代的潮流所淹没，也才会取得更大的发展。中国民歌只有根植于传统文化肥沃的土壤之中，敞开胸怀，无所顾忌地承受时代的阳光雨露，开放而坦诚，方可获取勃勃生机，彰显活力，释放出旺盛强大的生命力，成为艺术园中当之无愧的“长青树”。

此时，置身于眼前这场“流行歌坛”的盛宴中，手捧奖杯，我要为游走在经典和时尚浪尖上的新民歌唱上一句——“好风凭借力，送我上青云”。

我坚信，中国民歌这朵艺术奇葩正行进在一条通向辉煌的阳光大道上，在不久的将来，一定会迎来它的锦绣年代。

2006 年获奖现场△

2013 年浙江采风△

为了中国新民歌的发展，为了广大关心和喜爱我的大众，我将孜孜不倦，上下求索！

2016 年赴革命老区江西瑞金慰问采风△

Chapter

—

03

超越自我，勇于创新

艺无止境，贵在创新——这句话几乎放之四海而皆准，对于从事艺术的人而言，也是每每开口闭口的平常话。说其平常，是因为但凡从事艺术教育、有过艺术学习背景的人都知道，艺术贵在创新，创新才是艺术的生命线。但创新不仅仅是挂在嘴上，而是要有强大的行动力和艰辛的努力，更离不开持之以恒的信念。

在我的歌唱艺术生涯中，《梦入桃花源》无疑就是一部大胆创新的作品。

红树青山，瀑布高悬，蝉叫蛙鸣，古道幽远；红颜小姑，俊朗书生，桃花仙子……古典唯美的歌词，向我们描绘出一个福地洞天的桃花源！在拍摄 MV《梦入桃花源》时，导演让我一人分饰三角，女扮男装，白衣翩翩雅书生；下棋舞剑，曼妙娇颜桃花仙；清脆玉润，歌声如风震林梢。这些对于我这样一个专业的歌唱者来说是一种尝试，更是过足了戏瘾同时的种种创新和挑战。

陶渊明笔下的《桃花源记》充满神秘色彩，成为千古名篇。《梦入桃花源》将这神秘世界重新定义，演绎出一个崭新的故事：东晋时，陶渊明带着书童梦入桃花源，在桃花岸边邂逅了桃花仙子，一段朦胧的邂逅之后，他如醉如痴地挥毫写就《桃花源记》。

非常巧合的是，陶渊明笔下的桃花源就在我的家乡湖南常德境内，于是拍摄地点无须再费周折，就在湖南常德的桃花源风景区。

《梦入桃花源》的 MV 脱离了以往大多数民歌 MV 歌伴舞的窠臼，我分饰三角——陶渊明、桃花仙子以及歌手本人。拍摄采用了完全的电影拍摄手法，讲述了一个完整的传奇故事，还动用了升降、摇臂、轨道、威亚、发电车、干冰车、烟机等重型设备，从没受过训练的我亲自吊着“威亚”在空中飞来飞去，这些现代高科技的技术和手法，将我送进了一个“不知松竹谁先绿，难辨水天哪更蓝”的如诗如画的世界中。

所有这些俱算得上是中国新民歌作品的首创。

桃花源风景区自然风光瑰丽，但为了再现魏晋古风，剧组美工特地在湖边重建了一个古亭，拍摄完成后，这座亭子已被当地政府保留下来，成了桃花源风景区的一个新景观。此外，剧组在拍摄现场还种植了１９６棵桃树营造一个桃花水岸，这也被保留了下来，成为又一道风景。

在ＭＶ中，有大量桃花飞舞的场景。实际拍摄中，当剧组到达拍摄现场时，景区内的桃花已经落败了。不得已，导演紧急从北京调运了8麻袋共计60万片的仿真桃花瓣，却不料，仿真桃花瓣还是不合要求，因为这些桃花瓣出厂时是全部粘在一起的，需要手工一点点地捻搓分片。当时摄制组一共只有二十多人，不得已，我们就动员了景区内几乎所有的村民，围着麻袋帮剧组手工剥分花瓣。

《梦入桃花源》中，陶渊明、桃花仙子和歌手，不时会出现三个人物同画面的交流场面，这给我的表演增加了很大难度。最难的，要数拍摄中我吊“威亚”“梦中飞翔”那几场戏了，负责吊装威亚的团队恰好是《卧虎藏龙》中负责“威亚”设计的公司，按照他们的惯例，他们为没有演过戏的我聘请了替身演员，但实拍时为了保证拍摄效果，我还是决定迎难而上，不用替身。当我被吊在几十米高的空中，俯视脚下几十亩桃花树林时，我胆战心惊，全身都不由得有些发抖，苦不堪言，对于我来说，这是艺术之路上的创新之旅，更是突破

《梦入桃花源》MV 剧照△

了我个人表演的极限。犹记得，有一场戏要表现陶渊明梦中的幻境，导演要我站在一块十几平方米的玻璃上舞蹈，而玻璃要被搭在两米高的架子上。这段拍摄危险至极，我们既担心架子不稳又担心玻璃不够结实，我踩在玻璃上面，四肢发软，竭尽全力才控制住自己，硬着头皮开始跳舞。后来才知道，整个片场的人都为我捏了一把汗。摄影师拍摄时也遇到了诸多困难，因为桃花瓣不听话，在鼓风机的吹动下漫天飞舞落在了玻璃上后，不是太厚遮住了光，就是太薄没了感觉，如此几番反复，这段玻璃之舞重拍了 5 次才终于完成。

尽管困难重重，但能够在家乡的仙境演绎这首经典作品，游走于一个古典美妙的传说中，我的欣喜之情不言而喻。

“忽逢桃花岸，白云裹红滩”“牧笛惊风雨，花蝶戏流泉”——多么纯美的意境！

“风吹红裙动，深秋花依然。”桃花仙子，持剑起舞，风吹衫动，遍洒桃红——多少醉人的瞬间！

当你看到这样如梦如幻的画面时，你一定会感叹：美哉！可你知道吗，为了拍出这个美不可言的镜头，第一次尝试吊“威亚”，在画面上犹如仙女一样飘来飘去的我，其实心里一直在打哆嗦，恐惧至极。因为我有“恐高症”，平时站在 4 楼以上的阳台都不敢往下望，此时此刻的痛苦可想而知。这个短短的镜头，对于我来说却是一个严峻的挑战，以至于拍完后，我双脚一落地就哭了，先前被压抑住的恐惧感如洪水般释放。

《梦入桃花源》给我带来了新的体验、新的尝试、新的感受。若是你也向往其中我曾体验过的“日照小村月照田，午伴茶神暮醉仙”，不妨去我家乡的桃花源,像我一样梦入一回,相信你的感觉会和我一样——“疑是天上却人间”。会让你不虚此行。

艺术之路贵在创新。这些年我一直抱持这样的信念。

2010年，我又进行了更大更艰难的一种尝试——自己导演音乐作品《柳叶湖美》和《等你回来》，身兼导演和演唱者角色。

这两首音乐作品首度将新民歌和影视结合在一起，用音乐叙述故事，体现人文风光和大爱情怀。

在拍摄的日子里，天公不作美，天气较冷，还不时下着雨，我们每天都会拍到很晚，甚至到深夜，但是大家无怨无悔。结束《柳叶湖美》所有拍摄的时候，大家拥抱在一起，激动至落泪，庆祝这部作品的杀青。

《柳叶湖美》采用了35毫米电影胶片，呈现了发生在柳叶湖畔穿越时空的爱情故事。作品采用全实景拍摄，全面展示了常德柳叶湖的人文历史和风土人情，以全新的构思和艺术手法，结合新民歌艺术的表达方式，通过音乐和电影的结合，以一种崭新的形式展现在观众面前。

种种尝试，于我而言，都是新体验、新收获。我亦深深体会到，对于一个艺术家来说，只有不断地创新才会获得永久的艺术生命力。我非常感谢我们的团队和我的家乡父老，是他们给了我莫大的支持和鼓励，我才完成了一部又一部的作品，收获了一个又一个完美的创新。

Chapter

—

04

有情才有灵，率意而忘言

SONY

云淡风轻，天山共色，高悬的瀑布飞流直下，堆起层层雪浪，山涧流红淌绿，空气中散发着宜人的馨香。一位白衣少女，长发飘飘，笑意微微，在青山绿水之间，抚琴而歌，乐声袅袅……

录音花絮△

这不是梦境，也不是小说，而是我的 MV《你让我感动》中的一个画面，典雅唯美，但最让我难忘的是这首歌的创作过程，它让我深深地体会到了，情感，才是歌唱艺术真正的灵魂。

天空深邃而辽阔，浪涛拍打着我脚下的岩石，释放出激勇的节奏，这便是大自然！悠远空缈，涛声雄壮，这种场景让我沉醉不已，仿佛置身于仙境之中。

风烟飘渺、雪浪跳跃的景色催动着我的艺术灵感，我的艺术细胞在这美丽的山水之间浸润、升华、释放，就在这一瞬间，我的歌声像是穿越了山水，在这神奇的大自然里彻响，白浪合着我的歌声起舞，群山在我的歌声中含笑，树枝为我的歌声弯腰倾听，我浑然忘我，天地和我融为了一体。就在此时，非常神奇的事发生了，两只可爱的小鸟不知什么时候悄然而至，落在了我面前的琴弦上，我惊奇地注视着它们，它们亦回望着我——人鸟对视，多么奇妙的感觉！好像心有灵犀，它们竟然友好地向我点头鸣叫，伶俐地抖动身体。我情不自禁地伸手捧起其中一只白色的鸟，它一点也不害怕，任由我怜爱地抚摸，我松手放飞，不承想，它不仅没飞走，反而跳到琴弦上，欢快地鸣叫。在场的所有人都被这一幕惊呆了！有人开玩笑说，这两只鸟是被我的歌声吸引过来的。导演灵机一动，干脆把这两只小鸟加到了 MV 里，让它们和我共唱了一曲《你让我感动》。

“好鸟相鸣，嘤嘤成韵”。两位小小的不速之客为我的 MV 增色不少，这是自然界施与我的爱意，神奇而充满真诚。正如我所唱的：“一份真的关怀，你不说我也懂”，大自然和我们，我们和大自然，也是需要互相沟通、互相关怀、互相体味的。当你对天地间的万物

充满激情，充满热爱，愿意用你的语言、你的歌声、你的心灵、你的情感去感动大自然，和世间万物能够和谐共处，自然界也在一些意想不到的时刻，回馈你更多的惊喜和美妙。

青山含笑，白浪翻腾，好鸟相伴，我心飞扬……这是大自然赐予我艺术之路上的一道优美的风景。心动于自然，感动于天地，那两只与我一起和歌而鸣的小鸟,不知如今身在何处,我时常想念起它们,犹如想念我挚爱的远方的朋友。

我在央视给观众们上音乐大师课时，曾将这一刻和大家分享，这是我在歌唱艺术中最深刻的体会。

我始终认为，在歌唱的过程中，技巧是手段，歌唱者的声音只是感情的载体，而表达情感才是歌唱之“本”，是歌唱的思想。只有声音与情感的有效结合，才能创造完美的音乐作品，呈现深刻的艺术形象，所谓的“未成曲调先有情”，便是如此。我在演唱年度热播剧《芈月传》与《白鹿原》的主题曲时，就将这点发挥得淋漓尽致。

“平生留恋，独步炎凉，幸有天留一点温情可享”，这是芈月早年被放逐宫外，却又有芈姝怜爱的经历；“世间哀愁，无止无休，离散诀别我来一一从头”，芈月和黄歇两小无猜的情谊，慢慢发芽，没想到又被硬生生拆散，有情人终不能成眷属；“我心将往，玉宇芬芳，爱恨入土方得安详”，咸阳城的后宫里刀光剑影，姐妹反目成仇，直到有一方入了土才能甘休；“我心将往，烛火之光，满月格外荒凉”，宣太后寂寞的背影，在烛光里摇曳……随着剧情的深入，大家对诸子百家争鸣的时代有了更直观的了解，对芈月这一敢爱敢恨的女丈夫形象的感知也更为立体，对歌曲《满月》所表达出的场景与情感也更了然，产生共鸣。我竭尽全力，用高度艺术化、情感化、文学化的方式，让整首歌自然而诗意地流淌，让观众随着歌声进入剧情。伴随着歌曲的 MV，我如一个“说书人”一般，在落英缤纷里，细数芈月这一生最值得被铭记的时刻，让大家产生千年一瞬之感。

在演唱《白鹿原》的主题曲时，我希望歌声里饱含人物的感情和命运，通过歌声，我要传递出来那份凄美与无奈。《白鹿原》的原著里，白灵和小娥有着共通之处，都不甘于平凡沉闷的生活，但白灵比小娥幸运，她见过世面，读过书，眼界开阔。在电视剧中，白灵是白鹿原上飞出的百灵鸟，这个族长白嘉轩最疼爱的女儿，幼时顽劣异常，却极聪慧。她的性格刚烈，极有主见，在大家眼中是叛逆的代表，带领三教九流的人大闹县府，将县长赶下台，轰动一时；她在私塾发蒙后就以死相逼，早早离家到省城接受新式教育，新学堂让她开了眼界，她对新生活充满热情和向往；大革命时她组织学生搬运死尸，砸穿院墙逃婚，一封信闹得未婚夫家鸡犬不宁……白灵就是在一个个未知的世界里闯荡拼搏，她坚信男人能做的她一定能做到，而且能做得更好，她是白鹿原上心地最纯良的革命者，具有天生不怕死的反抗精神，这股傲气使得白灵与白鹿原上所有女性划清了界限，让白灵拥有了一段轰轰烈烈而又极富激情的短暂生命。作为主题曲的演唱者，我详细了解了人物的命运和情感，巧妙地将歌曲与剧情情节环环相扣，这使得我的演唱能够配合电视剧跌宕起伏的剧情，声情并茂地还原剧中人物的命运走向以及对未来的期许。

要唱好一首歌，漂亮的声音不可或缺，但表达充沛的情感才是重中之重。所以，歌者对歌曲表达的内容、表现手法，歌曲的时代特色、创作背景等都要有全面的了解和深入的分析，以情动人，声情并融，歌曲才能焕发强大的生命力。

情感，是歌者之魂，多年来，我反复实践总结，若要完美诠释一首歌曲，表达出充沛的情感，我最切身的体会是，将三个因素做到极致：

一是良好的歌唱心理，自信尤为关键。

歌者要领会歌词所表达出的情感，情感是歌的灵魂，气息是歌唱的源泉。近年来，我们经常碰到，年轻的学生或歌者更注重声音位置、气息、共鸣等发声技巧，习惯于飙高音，却忽略了歌曲情感的表达，出现了千篇一律的声音，虽然看起来卖力，却不能把观众带入他所表达的意境氛围和情感中。这便是我们通常所说的，声音没有表现力，歌曲没有感染力。而有的歌者台下收放自如，到了台上却紧张不安，表达不流畅，这正是由于没有专注于情感的表达，思想分散所致。与之相反的是，我们听到一些原生民歌时，虽然歌者没有接受过专业训练，但歌曲往往富有感染力，就是因为歌者将自己的情感融入了歌唱中，让观众瞬间产生了情感共鸣。所以，当你的精神、你的思维专注于你的情感时，自信心就会油然而生，对声音的把控水到渠成。所以，演唱时一定要专注自信，抛开与歌曲不相干的因素。

二是把握声情与形神的融合、统一。

情感如何在歌唱中起主导作用？一言概之，情感直接影响着声音的色彩，如果心情好，音色会明亮，说话节奏会快；如果心情不好，音色会暗淡，说话自然会低沉。歌者的情绪、情感是能带动音色的。所谓演唱，不只是唱，还有演，我们要协调富有色彩的声音、面部表情、手势、肢体语汇、细微的眼神、表情变化等等，每个细节都在配合我们的歌曲，从而营造出与歌声完美融合的整体视听效果，观者赏心，听者悦心。

三是要充分发挥情感想象，用音乐思维将观众带入情景当中。

在观赏影视剧时，观众的情绪若是随着演员的喜怒哀乐而变化，大抵可以看出，这部作品富有感染力，歌唱也是如此。虽然一首歌只有几分钟，成功的歌者却能把听者带到一种美妙的境界，这样的歌者，会在保持字正腔圆的前提下，咬字比较靠前，更贴近生活，更有亲切感，他们尤其注意运用自己的音乐思维展开内心的音乐想象，在头脑中形成一个较完整的声音形象；演唱时，能将声音特质、旋律的起承转合、感情发展的层次变化完美结合。

总之，无论演唱什么歌，情感永远是歌者的灵魂！

给部队基层文艺战士上课△

Chapter

—

05

献唱奥运，毕生难忘

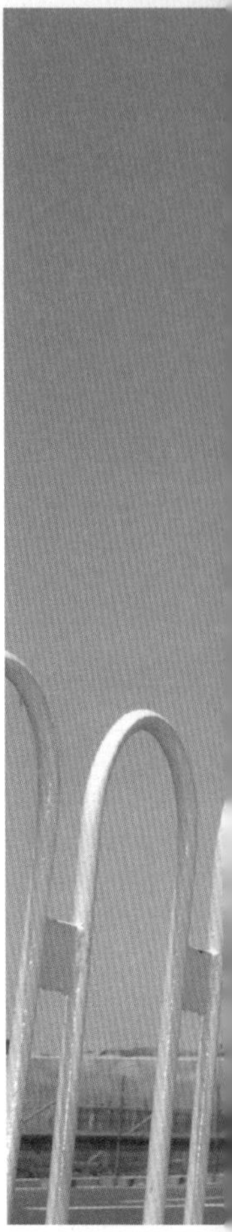

2008 年 8 月 24 日，北京奥运会闭幕式，这是个让我毕生难忘的日子。

这一天,我有幸参加了在国家体育场鸟巢举行的北京奥运会闭幕式的演出。我们七位民歌手共同演唱了改编的民族歌曲《今夜月明》。

这一天的鸟巢，五彩缤纷，热闹非凡，处处洋溢着欢声笑语。来自五湖四海的朋友们欢聚一堂，一起庆祝，一起狂欢。此届奥运会，我国运动健儿勇夺了 51 枚金牌，跃居金牌榜榜首，这是我们国家自参加奥运会以来取得的最骄人的成绩。

每个中华儿女，如何不兴奋，如何不激动?

我自然也不例外。

虽然我一直忙于 9 月 5 日国家大剧院的演唱会，错过了很多精彩的比赛，雀跃之余又有点遗憾，但是，每天排练完之后，我回家第一件事便是打开电视机，和全世界所有关注奥运的朋友们一样，守在电视机前观看比赛。其实每一天的排练都很累，但看到奥运比赛健儿勇敢拼搏的那些场面，一切疲惫都变得那么渺小，直至消失殆尽。

当天，我们的节目是第三节《狂欢》的第二个节目，当我和我的朋友们站在硕大壮丽的祥云树下面，站在中心仪式表演台上的时候，民族的自豪感油然而生。

“月亮出来亮汪汪，亮汪汪……”听着这优美动听的旋律，我心中顿时沸

腾起来。面对现场那么多来自世界各地的运动健儿、那么多观众，突然觉得自己何等幸运，何等骄傲自豪，能够站在这个舞台上，和我的朋友们一起为奥运歌唱，为祖国歌唱，为全世界人民而歌唱，这一刻，我最幸福最感动。

一个有着五千年璀璨文明的古老国度，一个古老国度所拥有的独特的民族艺术，我们放声歌唱，在这个世界级的舞台上，向全世界人民展现中华民族的魅力。

古老、文明、开放、自信、包容、进取、感动、和谐，这就是新的中国，这就是 21 世纪的中国，这就是全世界人民看到的中国。

我自豪，我是中国人。我骄傲，我是一名民族歌手，能够让我用自己的方式，用自己的歌声歌唱我们的祖国，向世界展示我们的魅力。

第二十九届北京奥运会结束了，但我们会永久怀念这个体育盛会，它让世界重新认识了中国，让中国更深一次地融入了世界。

奥运是中国的，中国又是世界的！

祝福，奥运！祝福，中国！

Chapter

—

06

从戎，踏上新征程

人生虽然漫长，但成长和改变往往就在一瞬间。

有时候一个选择、一段经历、遇到的一些人，都会让你的人生轨迹突然发生改变。因为这些改变，你的生命变得更加璀璨多姿；因为这些改变，你的生命有了永不磨灭的痕迹。这些因素就像是涓涓清流、股股力量，冲击着你、鼓励着你，在至关重要的时刻，毫不犹豫地推动你，向上飞跃，向前飞跃。这份力量，伴随着你完成飞跃，再融进你的生命之中，无论何时何地，都不离不弃，用它独特的方式陪伴着你，感动着你，震撼着你，催你奋发，推你前行，给予你一生的坚守和信念。

无论你走得多远，无论你多么成功，这种力量，注定是你生命的一部分，让你感念终生。

二炮文工团，就是这样的存在，它是给予我前进的力量，是推动我奋进的荣光。

感谢我们的老团长李广立，让我成为二炮文工团的一员，是他发现了我，鼓励我成为一名军人，帮助我实现了儿时的梦想。李团无疑是我走进部队的人生导师，是我人生的伯乐。

我永远忘不了 1999 年 9 月 1 日，那个充满阳光的日子，我带着青春的梦想和对军营的渴望走进了清河大院——我们的二炮文工团。那天，文工团暗红色的小楼在秋日阳光的照射下熠熠生辉，在我眼中显得无比耀眼和神圣。站在小楼前，我心潮澎湃，浮想联翩，成为一名军人的梦想，就这样实现了！

年少时，一位身在部队的亲戚穿上一套军装回来度假，看着他神采奕奕的模样，我羡慕至极，后来借了军装穿在身上，揽镜自照——洋溢着青春的笑脸英姿勃发，多么漂亮多么神气！在一片赞美声中，我对军装充满向往，期待有朝一日，自己可以成为一名军人。那时的理由很简单，因为军人很神气，军装很漂亮。

大学毕业后，我被分配到南方的一个歌舞团，但时常会幻想自己穿上军装的模样。后来，我带着一首获奖作品《请喝一杯中国茶》，来到人民大会堂参加国际茶文化节，有幸遇到了老团长李广立，当李团夸我歌唱得好，问我愿不愿意去考二炮文工团时，我高兴得像要飞起来，雀跃不已。我当即就向单位请假，一心一意准备文工团的考核。功夫不负有心人，我顺利通过了层层严格的考核，走进了二炮文工团，成为一名部队文艺工作者。

到了部队我才知道，成为军人不是神气那么简单，军装虽漂亮，但穿上后并不轻松。

我记得第一次下部队，是在 2000 年跟着老团长去西北。在漫天黄沙里，李团对我说："穿军装，首先要有军人的气质、军人的胆识，才会有军人的感觉。当兵最重要的要有使命感和责任心。"李团这句话刷新了我对军人的认识，懂得了军装对一个军人的含义。因此，每次站在舞台上，只要装上军装为部队的官兵们演唱时，我自然而然便会想起李团的话，心中充满自豪感。

跟着李团和团里的战友们，我不断学习，不断进步，从思想和艺术上，我完成了从一名普通的演员到一名部队文艺工作者的蜕变。有一次下部队，演出时没有穿军装，一位年轻的战士给我塞了一封信，信中写道："思思姐，你是军人，又是我们团的骄傲，但我没有看到你穿军装演出的样子。好想看到。随信附上一张画，画的是我想象中你穿军装的模样。希望你能喜欢。”这封信让我明白军装在军人心中的分量。后来每次下部队，我都带着这封信，它承载着的是一个战士的情怀，是对我的鞭策、支持和鼓励。

2006 年的夏天，下连队演出。我记得当时一共演了 8 场，高温加上南方湿热的天气，让原本身体不适的我病倒在床。高烧 39 度的我躺在医院的病床上，头疼，浑身发冷，心里想的是第二天的演出该怎么办。就这样，一会儿觉得自己在冰上穿行，一会儿又觉得自己坐在火山口上，浑身煎熬，时不时大汗淋漓，一阵阵地酸痛难挨。迷迷糊糊中，我坠入了无边的黑暗之中，直到一滴滴冰冷的液体在我全身游走时，痛苦才略略缓解。昏昏沉沉地不知道睡了多久，突然一阵沁人心脾的芳香闯入了我的鼻息，我贪婪地呼吸着，慢慢撑开双眼，眼前一片光明。病房里面堆满了鲜花，眼前晃动的是战友们的笑脸。一声声关切的问候，犹如一股股暖流在我心里荡漾，我像是落入了爱和鲜花的海洋里，刹那间，先前的黑暗荡然无存，病魔似乎也被驱逐出境，我变得神清气爽，充满活力。

第二天，我穿着一身戎装，照常演出。

心动于情，感动于心。

二炮文工团的部队生活让我成长，它在我的生命中留下了太多美好的回忆，一支拙笔难以言尽。最让我震撼并让我感受到作为一名部队文艺工作者的职责和使命感的，是一场场慰问灾区的活动。此刻，当我敲打着键盘时，一幕幕回忆如流水倾泻于眼前：飞跃万里、心急如焚、情牵灾区的部队官兵；灾区那些“养育了天，养育了地，养育了中华万物”的我们的衣食父母；用血肉之躯谱

2015年，天安门“九三大阅兵”观礼致敬△

写了一首首英雄战歌的战友；那名怀抱孩子，与我激动相拥的母亲；救出“敬礼娃娃”时那几位军人坚毅的脸……

2008年的6月5日，在四川锦阳市安县黄土镇北川灾区安置所，热浪袭人，气温高达40多度，屈塬团长一声令下，我和战友们放下行李马上赶赴临时安置点慰问灾民。当我们含着泪水走到灾民中间唱起《衣食父母》时，灼人的热浪被泪水淹没了，一位在地震中失去了孩子的母亲泪流满面，拉住了我们的手，那一刻，我的心在颤抖。似乎从歌声中感受到了爱的力量，这位坚强的妈妈一边流泪一边打起了拍子。一位抱着孩子的母亲，激动地走上前来和我们紧紧相拥，并把她怀中那小小的生命交给了我，我用奶瓶给孩子喂奶，他那明亮而稚气的眼睛好奇地打量着我，我紧紧地抱着他，亲吻着他那可爱的脸庞。是的，他还不懂得这块土地上刚刚经历的痛苦，亦不明白爱与泪交织在一起的感动，但他那双闪动着希望之光的眼睛分明见证了这“鱼水情深”的一幕。当天晚上，暴雨倾盆而下，临时搭建的帐篷里挤了大鸣团长、丹阳、华敏等8个人，担心半夜还会出现余震，我们和衣而眠。靠门边的我因为优先受到老天爷的特别眷顾，帐篷顶上的大水包承受不了压力直接砸在了我的行军床上，让我在电闪雷鸣中经受着风雨的洗礼，躺在被雨水浸泡得透湿的床上，我辗转难眠。

那个情牵爱绕，和着风声雨声的灾区不眠之夜，深深刻在了我生命中。

2015年9月3日，是值得我们文工团所有人书写的日子。我们有幸在天安门广场亲身经历和见证了反法西斯战争胜利70周年大阅兵，阅兵式上的所见所闻，让我的心犹如大海的波涛，此起彼伏。当我们的第二炮兵部队导弹方队出现在天安门前，战友们精神抖擞地接受国家领导人和外国贵宾检阅时，阵阵掌声不绝于耳，军人的激情和豪迈冲击着我，让我不由自主地热泪盈眶。我深深地为祖国感到骄傲、自豪！我为我们的第二炮兵感到光荣！为自己能够成为二炮文工团的一员感到幸运！

2018 年 7 月，在中国人民解放军建军 90 周年之际，我光荣而自豪地和我们团的军旅艺术家们一起来到朱日和慰问演出。“大漠铸利剑，沙场砺精兵。”初到朱日和，这句标语首先映入我的眼帘。到达帐篷营地，与受阅士兵们面对面地交流时，他们的忠诚与热血、激情时时激荡着我。90 年岁月峥嵘，90 年征程如歌，在这特别的时刻，我们唱响《这一刻》，向中国人民解放军建军 90 周年献礼。随着《这一刻》深情的旋律，一代又一代寂寂无闻、无私奉献的战略导弹部队官兵们共同的期盼与梦想展现在眼前。

与时代同歌，唱响改革强军主旋律，是部队文艺工作者崇高的使命与责任。

身为一名自豪的二炮文工团的文艺工作者，我和广大火箭军官兵一样，在这神圣庄严的时刻里，心底流淌的是热血和激情，是火箭军将士在新的历史起点上，对于建设强大的现代化火箭军、打造世界一流战略军种的坚定信念和昂扬斗志，是作为火箭军部队文艺工作者的使命与担当。当我唱响《这一刻》，一个词在我心底庄严升起，军魂！军魂铿锵，它是军人灵魂的集合；军魂灿烂，它是军人搏动的心澜；军魂恢宏，它是军人坚定的信念。军魂是军人用生命和青春谱写的主旋律，军魂是军人用奉献和牺牲唱响的最动人的歌曲。这一刻，我更深刻地体悟到了老团长李广立在我刚入伍时说的那句话“穿军装，首先要有军人的气质、军人的胆识，才会有军人的感觉。当兵最重要的要有使命感和责任心”的真正内涵。

这句话伴我度过了青春岁月，伴我完成了大大小小的各项部队任务，伴着我走上了副团长的领导岗位，更伴随我见证了火箭军官兵勇挑重担、敢打必胜的家国情怀。在未来的岁月里，它依然会伴随着我，它早已成为我的座右铭。

时光带走的是青春岁月，留下的是成长和担当。

作为一名二炮文工团军人，在我的心中，二炮文工团就是我的另一个家，我的战友们就是我的家人，那些充满着温暖充满着珍贵情谊的点点滴滴，那些让我成长的人和事，所有的情感汇聚在一起，在我的心中荡起一股暖流，萦绕着我，包裹着我，最终化成生命中永不褪色的回忆。

如果没有军队这个大熔炉、大课堂、大家庭，就没有这么多震撼人心的感想和情怀。这些可爱可敬的父辈们、兄弟姐妹们就是我生命成长最好的土壤，让我从心底里开出了最美最好的花。

人生，激励你前行的不是有多少抱负，有多少憧憬，而是在成长中，积聚了多大的力量！

建军 90 周年，赴部队基地慰问△

梦圆

沐春风而思飞扬

幸福，就是做自己喜爱并擅长的事

NO.

3

Chapter

—

01

我的幸运日

我们的生命中充满了机缘巧合。命运的神秘符号像一根线，将我们生活的一些事件穿引起来，组合成一个圆满的方程。

我向来对命运的神奇之处充满敬意。

12 月 28 日是我的生日，我生命中两个最重要的人生驿站以及两个最具意义的奖项都和这个日子奇妙地连在一起。

1995 年的深圳，繁花似锦，滴翠淌红，成千上万的打工者离开家乡，怀揣梦想来到这块繁华热土。我的成名作《情哥哥去南方》就在这座美丽的城市里摄制完成，这首反映打工者情感生活的歌曲走进了无数打工者的心田，席卷了当时的南国歌坛，一举夺得了当年中国 MTV 音乐电视大赛银奖。我也因此受邀参加了由中央电视台在北京举办的元旦颁奖晚会，那天是我的生日——12 月 28 日。在这个无比幸运的日子里，我以一个新人的身份和姿态首次站上中央电视台的领奖台，第一次面对全国的电视观众，激动、兴奋、不安……各种复杂的情感难以言表，那一天，成为我艺术生命的一个重大转折点。

春去秋来，花开花落。我又从南国歌坛迈进了北国军营，从一名普通的民歌手变成一名光荣的军队文艺工作者，从一名普通的军人当选为人大代表，我的人生再次发生了重大的改变。

12 月 28 日——这是上天打在我身上的一个奇妙的烙印。年轮转了一圈又一圈，一首在伟大的首都北京摄制完成的新民歌《祖国，你在我心中》，出色的演唱和载歌载舞的表演使我赢得了 2005 年中国 MTV 音乐电视大赛金奖，那一年的元旦颁奖晚会在深圳举行，时间正是 12 月 28 日。

站在领奖台上时，我禁不住心潮起伏，感慨万千。

在我生命伊始的这一天里，我经过了南国的作品在北国获奖，北国的作品在南国开花，南来北往，一银一金，如此奇妙的巧合，真是上天的宠幸与眷顾。

从《情哥哥去南方》起，我就踏上了一条《美丽之路》，匆匆多年，南下北上，从平凡的歌手逐步成长为一名优秀的军人，得偿所愿，命运如此垂青，真是何其幸运！

感谢我的恩师吴颂今老师，感谢美丽的深圳，让我唱响了《情哥哥去南方》。

感谢培养我成长的军营，感谢北京这块宽广的天地，让我踏上了一条《美丽之路》。

感谢所有关心我的朋友亲人。感谢我的父母给予我 12 月 28 日这个吉祥的生命计时日。这些思语心声，是我无比坦诚的感恩之语。

Chapter

—

02

唱响春晚，我的梦在歌声里

自从带着获奖作品《情哥哥去南方》首次登上春晚的舞台后，我就与春晚结下了不解之缘。

第一次登上春晚舞台的情形我至今记忆犹新，那是渴望与紧张、激动与忐忑交织在一起的复杂心情，如今想起，仍让我心潮澎湃。这么多年来，我也算是春晚的常客了。春晚对于大多数观众而言，充满了神秘，他们对上春晚的演员也万分好奇，更不乏关心与关注，事实上，对我来说，上春晚更像是赶赴一场人生的大考，是对于自己演唱实力的考验和表演心态的磨砺。

比如 2016 年的春晚，当时我被分配到了创意组，演唱的曲目是《雪恋》，这是一首为申冬奥成功年度大事件而创作的作品。申冬奥成功是当年举国欢腾的喜事，是一个年度的记忆。但这首歌能在春晚顺利唱响，包含了众多人士的梦想和心血。

《雪恋》是由王平久作词，赵佳霖作曲，专为申冬奥创作的歌曲，旋律温婉舒畅，编词唯美悠远，寓情于景，情景交融，寄托了生命的深层感悟，体现了人文情怀。但创作人员和我在演绎这首曲目的时候，申冬奥的结果还是未知数，要等到 2015 年 7 月 31 日才能一见分晓，正如众人所言，《雪恋》还有“博”的性质，只有申冬奥成功了，这首歌曲才能在鸟巢面世，反之，可能永远都没机会和观众见面。我自然也明白这其中利害关系，但即使如此，看到《雪恋》的第一时间，我就不可遏制地想唱，这或许源于我的奥运情结：2008 年北京奥运会时，我是一名奥运志愿者，并且参加了闭幕式的演出，担任过残奥会的爱心大使，而我平日里，素来也喜欢体育运动。也或许，因为我在冬天出生，正逢湖南大雪纷飞，像是冥冥之中早已注定，我对于冰雪的眷恋和爱意。

《雪恋》让我感受到的不仅仅是冬奥的主题，还有冰雪的情怀和人生的探索。每每唱响这首歌，我的心头便涌出一股化解不开的浓浓思绪，恰似淡淡的乡愁流淌，又如清澈的时光印记，我的内心变得柔软而丰厚，脑海里一一划过儿时和小伙伴们打雪仗、堆雪人、吃屋檐冰凌的快乐时光。

记得去年冬天，全国各地落雪，有人提出把雪景保留起来，初闻不由轻笑，可转念间又了然，这是对于雪的深爱之意。洁净轻盈的雪洗涤着大自然，也让我们喧嚣的世界归于静谧，此时若能静坐一处，体会这唯美的意境，心灵也会一点点净化。

可见，无论是如何困难，都无法阻止我对这首歌的喜爱之情，我毫不犹豫地答应下来，而且发自内心地相信，演绎这样的一首歌意义深远，这不是“博”，而是“拼”，我深信我们国家有能力和毅力，取得冬奥会申办权，而我，要用歌声呐喊助威！

“我的眼 / 万物众生多少年 / 一枝梅花是冬天……”我的眼前闪现出一幅幅画面。我和王平久老师均认为，这首歌主打就是眼睛。用“我”的眼睛、“我”的视角感受坚韧、恒久的奥林匹克精神。“一枝梅花是冬天”，冰雪运动员，若要成功，便要“梅花香自苦寒来”。

终于等到颁布申冬奥结果的日子，我的手心里冒着汗，从未有过的紧张席卷全身，此时的鸟巢外面，几万观众盯着大屏幕，一起观看直播，所有人都默默祈祷。当宣布 2022 年冬奥会的举办地是北京的时候，全场沸腾了！我们互相拥抱，庆祝这一盛事，每个人的脸上都洋溢着幸福和骄傲，此情此景，我已不能自抑，幸福的泪水夺眶而出，我当即演唱了《雪恋》，那是我一生中最难忘的情景之一。在这之前，我们为了鸟巢的首唱，早已将《雪恋》的 MV 准备妥当。

《雪恋》的 MV 是由拍摄申冬奥宣传片的知名导演赵志强团队完成的，拍摄地是长白山。

4 月的长白山春寒料峭，零下 15 摄氏度的低温，劲风割面，寒意彻骨，所有的工作人员均是厚厚的羽绒服和各种保暖措施，而我，只能穿一件单薄的飘逸长裙，而且，为了体现冰雪超凡脱俗的意境，让我更完美出镜，暖宝宝都不可以贴。那是真正的“美丽冻人”，难得的一碗姜汤，送过来时早已结冰。拍一会儿，我就要赶紧穿上大衣暖和一下，连骨头都像是要结冰，止不住地浑身颤抖。

硬着头皮，咬紧牙关，我终于坚持到拍摄完成。

回去的路上，我们都沉醉于车窗外的美景，路的两边是挂满了冰凌的树，银装素裹，就像童话王国般美丽。导演情不自禁地用对讲机感慨道：“这个镜头真美，要不要看看？”说者无意，听者有心，我马上接过话：“您如果想拍，咱们就停下来。”导演似乎有些不好意思，美景看起来赏心悦目，拍起来却是风刀霜剑，但我笑言，没关系，我能坚持。

于是，化妆、服装、道具，一切重新来过，每个细节都拍到最完美，那样的一个镜头，在 MV 里最多用了 3 秒，但真是惊鸿一瞥般的美妙。

所以，《雪恋》的创作和筹备可谓“虐心”，能够顺利登上当年的春晚也算是“梅花香自苦寒来”。

“一枝梅花是冬天，看清楚， 世界收眼帘。能不能给我 ，你所有永远形影不离的信念。雪与冰，爱恋之间，我的心 ，因爱得痴狂而鲜艳。赐我 ，天地的一双眼，我的梦，守候在你的梦里面。”

……

我的梦在歌声里，带着我的梦，春晚，我来了！

2016 年，央视春晚节目《雪恋》△

Chapter

—

03

军装是我最美的华裳

我有一个特殊的舞台，它意义非凡，这便是军营。

在海拔 4000 多米的地方，稀薄的空气挤压着肺，每走一步都能清晰地感受到被放大的肌肉酸痛，每一口氧气都能让萎靡的细胞愉悦。

我和其他火箭军文工团的艺术家们体验着不同程度的高原反应，上山之前吃掉的红景天仿佛只是安慰剂。

阳光毫无遮挡地倾泻在守哨战士的脸上，从远处看去，那黝黑的脸上只分得清眼白，嘴唇被多年的山风刮出几道“沟壑”，脸上干皴的皮肤随时会被寒风卷起一道道裂纹，像拼图的碎片，而这，还不是极寒的时候。

整座山里只有这一个哨班，即便是接待总部下来的慰问团，哨位上也绝对不能空缺，因为孤零零的哨位后面也许是军事重地。战士们日复一日，年复一年，转眼就是几年，每个陌生人的到来，都会让他们兴高采烈。

哨兵粗糙的手扶住枪托，从头到脚纹丝不动，面对着他要称呼“首长”的人，他站得坚挺笔直；观众只有他一个人，令行禁止，他以沉默、以热泪表达内心的激动，然后用一个战士最高的回赠——提枪礼向艺术家们致敬。“脸上有水痕，眼睛涨红”，这便是他全部的表现，我知道他的内心早已波澜起伏。

每一年我都会到基层去。像这样的哨所，来回一次的行程大约 20 多天，交通工具也视当地的情况而定，大多数时候，坐火车后再换汽车，最后便是徒步翻山越岭，而此番前去，我们的观众就像这样——只有一个战士。

但是，这样的舞台却并不小。

在高山上，在戈壁中，我看到的多是十八九岁的年轻战士，他们经受着风吹日晒、酷暑严寒、蚊虫侵扰，还有高原上永远蒸不熟的馒头……每个哨所都有说不出的艰辛。在很多人的印象中，战士只是站岗而已，而社会无形中也对退伍军人的就业设下了重重壁垒，使他们与部队外的社会很难亲近起来。而事实上，每个坚守下来的军人不是靠着馒头或者战备粮，而是靠着坚定的信念，这信念如钢支撑着他们，即使这种信念并不被广泛理解和接受，甚至被误读或扭曲。

对我而言，为军人而歌的工作说简单也简单，歌唱而已；说难却也难，要唱出尊重而非同情，且要令人振奋。

“军人没有个性，但有血性。”军人的家国情怀是一生相随的，即使离开军营，这份情怀也会放在心底。现在十几岁的年轻人，若不是一名军人，在父母的庇护下伸手要吃喝的比比皆是，而且似乎还理所当然，但他若是名军人，在十八九岁的年纪里，与山峰相守，与寂寞相伴，他的内心在承受无数的煎熬之后，便会长出雄心壮志，生出保卫家国的豪迈情怀，是部队让他们成熟。

几番历练打磨，人生自然更加有底气。我们经常在媒体上看到各种关于军人情怀的报道故事，但这些报道远不足以把真实的艰难困苦表达出来，作为军人，这都是无须言说也无从言说的内心。

说军人神秘也好，隐忍也罢，成为一名军人，这是一生最值得荣耀的选择，你的人生会为此而坚韧、丰盈。

2008 年 5 月 12 日，汶川发生 8 级强震，我所在的火箭军文工团演出小分队于 15 日抵达灾区，为抗灾第一线的战士和灾区百姓做慰问演出，当时，堰塞湖的堤坝随时可能垮塌。

雨一直在下，我们戴着口罩，每向前踏一步，地面都会有血水溅起来。到达北川中学时，大钟倒在地上，抗灾的战士告诉我们，发生了山体整体滑坡，所有的车辆和人都被埋在了地底下。

何其惨烈！

我们一行住在八人一间的帐篷里，条件比抗灾战士优越很多。地上搭两块木板子，帐篷便架了起来，学校操场的空地上拱起了一排排这样的简易帐篷。

由于随时可能发生余震，震区的战士、百姓都要接受一个训练——迅速滚到床底，这个小小的动作关键时刻却可以保命，每个人都不例外。

雨水在帐篷顶上冲压出一窝水，这个“水包”一点点下垂，悬在睡在帐篷外侧的我的头顶。半夜时分，水包终于承受不住冲压的力量，哗啦垮掉，积水混着雨水兜头便淋了下来，如此动静，大家条件反射地急忙翻下床躲避，以为是地震。与此相反的是，此后一段时日里，水供给严重短缺，连洗脸都成奢望。所以，每每回忆起这包慷慨的雨水，我的心里总会有一种哭笑不得的感觉。

几千人的流水饭，一滴滴引来的水，地上陈列的尸体，母亲的哭喊，孩子的恐惧……这些特殊的场景，任谁经历过都会永生难忘。

2011 年，赴中国人民解放军驻澳门部队慰问△

一个母亲抱着不到一岁的孩子跟我说，你们来了就带来了希望。灾区的人们已经经历了各式人间惨剧，看过了人性的光辉与冷漠，在极端残酷的精神、肉体生存环境里，唯一能够仰赖的就只有那一点希望，那一点向上、重归家园的信念。若不是亲身经历过这种生死苦难的时刻，我真不敢说，自己可以理解信念的力量。

1998 年，湖南益阳沅江发洪水，我去抗洪一线进行慰问演出。在那里，我遇到一对被解放军战士救下的姐弟，他们的父母已被洪水冲走。两个孩子被救下来的时候，坐在脸盆里面，虽然还有一个爷爷健在，但年事已高，无力抚养他们。他们悲切的哭声让我特别揪心，我决定资助他们，直至他们完成学业。

其间，当地政府考虑到孩子在青春期不便过度曝光，我便逐渐减少了去看望他们的次数，再后来，便慢慢失去了联系。

出乎意料的是，这对姐弟后来通过各种方式联系到我，姐姐已经有了孩子，弟弟从部队复员后开了一家汽修厂。他们说，十几年来，他们一直在关注我的动向，在电视里看我的演出。他们一直记着我对他们的帮助。

他们的感恩之心，让我更为感动。

如果有能力，尽量去帮助一些需要帮助的人，虽然你付出了时间、精力、物质，但这些人因为你的小小善举改变了人生轨迹，你的人生也会因为他们而更有价值，更为幸福。

我逐步开始了自己的公益探索：捐建几所思思希望小学、持续资助灾区遗孤、关注留守儿童的精神呵护……从硬件捐助到软件捐助，从身体力行到公开倡导，在帮助别人的时刻，提升自我的价值。这也是军营给予我的成长。

部队是一个大家庭，军营是一个充满责任感和使命感的舞台。军营的舞台说大很大，大到看不到边际，说小很小，小到只有几个平方米；军营的观众说多很多，多到可以是成千上万，但说少也很少，可以只是一名战士。

作为歌唱演员，当你站在通常意义上的大舞台时，你的装扮光彩照人。华美炫目的灯光围绕着你，你面对的是衣着光鲜的观众、歌迷们的呐喊，收到的是数不尽的名贵鲜花。这时的你，被人们称为明星。

当你走进军营，舞台或许是裸露出滚烫胸膛的大漠戈壁，或许是道路崎岖的山岭，或许只是一个小小的哨所、一间普通的战士宿舍……你面对的是战友们古铜色的脸膛，黑紫色的双唇，坚韧的眼神。这时的你，不再是明星，而是他们中的一员，一名普通的军人，为他们歌唱助阵的最亲密的战友。

没有名贵的鲜花，战友们亲手采摘的那一束束叫不上名的山野小花却会让你更惊艳；没有万人瞩目的场景，但那一句句朴实无华的问候和敬礼却让你感受到最珍贵最亲切的情谊；没有华美炫目的舞台，但广阔的天地、连队的宿舍,却是你倾情演唱的最好舞台。战士们那一张张笑脸,如一罐罐蜜,浸润心扉。

站在军营的舞台上，一身军装是你最美的华裳。建设军营文化，活跃战士身心，就是你的责任。

作为一名军队的文艺工作者，绚丽的舞台固然美丽，但军营的舞台却给了我一个更为广阔的天地。

2008 年 5 月和战友们赴汶川慰问△

2017 年 7 月，建军 90 周年，在某基地△

Chapter

—

04

“美丽之路”1：相约国家大剧院

从 2008 年 9 月 5 日的中国国家大剧院开始，我历时 4 年，先后于 2009 年 10 月 31 日在台湾、2011 年 8 月 6 日在澳门、2012 年 5 月 20 日在香港举办了“美丽之路”系列演唱会。演唱会的举办不仅给我的艺术生涯赋予了新的意义，同时也是我生命中的里程碑。我踏上了一条传播真、传播善、传播美、传播爱的旅途，满怀希望地用我的歌声去搭建一条万千华夏儿女情感沟通的桥梁，彰显艺术和文化的价值。

无论岁月如何流逝，这些经历都深深印刻在我的生命里，其中的点点滴滴像一颗颗璀璨的钻石，在我的心里闪烁着珍贵的光芒，永远那么清晰，那么温暖。

2008年9月5日晚7点30分，在所有团队的共同努力下，“你让我感动——陈思思放歌残奥大型公益演唱会”让我登上了国家大剧院的舞台，荣幸地成为为第二天开幕的北京残奥会助阵预热的歌手。当晚到场为我的演唱会助力的有词坛泰斗乔羽、教父级巨星嘉宾李宗盛、活跃在国际音乐和歌剧舞台上的男高音歌唱家张建一，和我同为奥运志愿者的著名歌手林依轮，以及音乐教授金铁霖、著名作曲家徐沛东和残奥火炬手金晶。演唱会由 2008 年春晚的导演陈临春跨界执导，借景《图兰朵》的舞美设计博得了全场喝彩。

作为中国残疾人事业爱心大使，我此次的演唱会主要围绕爱心公益的主题，将自己从艺十年以来的感想进行深度分享和总结，希望能够用我的歌声来表达真、表达善、表达美，将爱心和艺术结合在一起，传递对奥运的深切祝福。在残奥会开幕的前一天，作为一个爱心大使，能够倡导大家关注残疾人事业，关注残奥会，我备感荣幸。在国家大剧院举办个人演唱会，我亦是当时国内歌手的第一个，对我而言是挑战也是殊荣；能够借奥运的契机把自己多年的艺术成果进行总结，对我又有非比寻常的意义。而此次演唱会举办的最大的意义还在于，我不仅仅是站在中国的舞台上向世界展示中国文化和中国元素，更重要的是我还能够把爱心公益和民族艺术相结合。

2008 年的春晚导演陈临春此次跨界执导演唱会。向来擅长唯美和艺术感的他要求严格，富有感染力，为此，在著名歌剧《图兰朵》中出现的华丽舞美场景，被借用到演唱会的设计之中：中国古典和传统艺术元素完美结合，时而梦幻，时而绚丽多彩。

除了舞美设计的诸多创新，在表演形式的设计方面，陈导还特地引入了“穿帮”的概念——将电视直播手法巧妙地与现场演出相结合，即在演唱会中间我们演员抢妆时，将观众看不到的后台花絮真实地在现场大屏幕上播放出来，既为演员换装提供了充裕的时间，也为观众增添了许多趣味，让演出更加丰富多彩。

当晚除了舞台设计继承《图兰朵》的华丽风格之外，众多重量级嘉宾的到场助威也为我的演唱会锦上添花，让我十分感动。我在演唱完《你让我感动》《共度好时光》《锦绣年代》《情哥哥去南方》等代表作后，《但愿人长久》等极具中国特色和艺术魅力的经典歌曲的加入，与李宗盛当晚的同台互动，不仅博得了在场观众的阵阵掌声，更是为演唱会掀起无数次高潮，让我获益颇丰。

为了配合演唱会“你让我感动”的奥运公益主题，我记得当时主办方推出为期一个月的“寻找最让您感动的微笑”计划，即通过网友评选，评出获得票数最高的前十位“微笑天使”，然后在当晚被邀请到了演唱会现场和我进行互动，让我体会到了观众对我的支持和鼓励。接受记者采访时，我心情激动地说：“作为一名军旅歌唱家，能够用自己的行动与歌声全程参与奥运、为残奥会努力加油，我备感神圣和自豪，也深知责任重大。”

演唱会上，我还和好友林依轮合唱了《好人好梦》。十年前我和林依轮曾一起签约同一家唱片公司，彼此都是刚出道的新人，从陌生到相知，在坎坷的音乐道路上，我们建立了深厚的友谊。十年后我们相聚国家大剧院，同台演出，此情此景，令人感叹不已。我和林依轮用自己的风格合唱，用共同的心声来见证友情，见证十年的音乐路程，用最真挚的感情把我们的祝福送给所有的人。

愿好人，都能有好梦。

Chapter

—

05

“美丽之路”2：丰盛台北行

2009/10/26

这一步，踏上了“爱的旅途”

秋若隐，枫犹黄，山低海浅淡水彷，唯有思情长。仿佛有大朵大朵的鲜花悄然从心底里盛放开来，紧紧地汇聚在一起，花雨漫天；花骨朵盈盈轻摇，绽在水云里，诞在山海间，汇成一条长路；这条路上花谢花开，这条路上，山水有情人更有情，我们驶过故宫皇城，驶向日月清潭。

2009/10/27

飞向宝岛，飞向台北

北京十月，金秋遍地；台北日暖，和风送爽。凝望着神州的东南方向，似乎有种微妙的东西在心底蠢蠢欲动，像即将喷薄的新日，那个远在千里之外的美丽岛屿，在我眼前越发的声鲜色明。就像生命，明明白白却百转千回，在时光的罅隙中，一转身一颔首，千里之外，也便近在咫尺。

台湾，我来了。

2009/10/27

最爱红玫瑰，吉利的“十宝盒”

一踏上台湾的土地，我的心里便多了几分踏实。我曾经感叹于长城的雄峻绵延，热血激昂；现在又陶醉在阿里山的清润柔秀里，萦绕回转。在机场，我们一行受到了热烈的欢迎，很多媒体友人早早等候在那里，主办方——台北演艺经纪交流协会还安排了两位台湾名模作为“亲善大使”迎接我们，并送上了我最喜欢的红玫瑰，以及装满了台湾特色土产的“十宝盒”。

“十宝盒”，嗯，真是好名字好彩头，“十全十美”！

阳明山的温暖，让我依依不舍。

如果问起这世界上什么东西最纯洁，那答案必然就是孩子们那一尘不染的心灵了。所以虽然这次台湾之行安排得很紧凑，我还是坚持要来“阳明山教养院”探望一群特殊的“孩子们”。他们的外表已然都是成人，但心智却跟两三岁的孩子没有区别。他们用心听我歌唱，认真给我表演，我亦是心怀感动，使劲儿地鼓掌。当我送上从大陆带来的“福娃”和熊猫的公仔时，他们惊喜交加，同时又略有些害羞，纯真无邪的神态，让我备感温暖、安心。

我对他们说，宝贝们，下次，我一定会再来看你们的。

2009/10/28

上午：客串电台 DJ，颇有“成就感”

音乐响起，清新而舒缓，主持人细腻的声音随之响起，这一瞬间，仿佛与喧嚣都市隔绝，心里升腾起恬雅宁静。这里是台湾著名的广播电台，我正坐在话筒前，扮演着电台 DJ 的角色，将这次来台湾开音乐会的经历和意义，向台北收音机前的听众朋友们娓娓道来。

节目结尾时，我把邓丽君的《小城故事》以民歌的方式重新演绎给了台湾的听众，可能他们很少听到大陆的民歌唱法，后来工作人员告诉我，有不少人打了热线进来。我听后异常欣喜，看来我的客串还是很成功的嘛！

下午：“圆山”溢彩，难掩雕梁画栋

说起圆山大饭店，相信很多人都不陌生。它位于基隆河畔、剑潭山际，是台北一道著名的风景，飞檐翘角的建筑，金色琉璃覆顶，散发着高贵典雅的气息，它的历史更是富有传奇，是 20 世纪 50 年代初期由宋美龄主持修建的。

试想在青山翠障环绕之中，矗立着这么一座高达 14 层的中国红色宫殿式华筑，自然颇为壮观。身在此处，我几番想寻找出诗情画意的情绪，无奈周围的人谈论的几乎都是当年蒋介石在圆山饭店修建暗道之类的传说野史，只好在心里叹息一声，转眼间就投入庞大的听众阵容里去了。

2009/10/29

筠园之行：何日“君”再来

与林志炫合唱▽

“好花不常开，好景不常在，愁堆解笑眉，泪洒相思带……”甫进“筠园”便被这珠圆玉润般的幽然之声染了心思。园中苍翠郁郁，青山黛影，仿佛她就站在那个角落里，扶着枝条，掐着蝶花，小嗓子清清浅浅地唱着，凄凉婉转，泪了青山，瘦了苍桐，唱得满地落花凝。

我们将鲜花放在墓碑前，低下头鞠躬，一时间各种画面像纷落的雪花交杂着卷进我的记忆深处，那个如花般的女子，暗影中娇嫩的容颜和那绝美的歌声，都飘洒在这个清逸的下午，飘洒在滴翠的“筠园”，飘洒进每个人的心田……

首次进行合乐和彩排

晚上和台北乐团的同仁们一起试唱彩排，感觉棒极了！他们敬业的态度让人记忆深刻，我来了之后，进行了一两次彩排就完全通过。接着，我又和林志炫合唱《两岸同歌》，也是两遍就完成了。

志炫也是一个特别认真、特别敬业的歌者，整首歌他已经相当熟悉，没有出一点儿问题，在很短的时间内，能把这首歌练得这么好，让我尤其感动，我相信，我们在舞台上一定会有一次完美的合作。

2009/10/30

漫步在台北街头，SHOPPING 收场

今天来到了台北的东区闲逛，难得地享受一次悠闲的午后。点一杯咖啡，看看台北的街头，看看台北的流行讯息，体会着台北都会的风情。

台湾天气跟北京看似相差不多，温度稍稍高出几度，和风日暖，实际上，却有巨大的差异。

现在雨季刚过，空气潮湿，温度已经降了几度，但走在街头，穿着薄衫仍然感觉闷热，这或者跟岛峡的特殊位置有关。台北的街道很干净，人来人往，一派热闹繁华。

商场里更是人山人海，熙熙攘攘。此时此刻，还有什么能让女人觉得比逛街和 SHOPPING 更重要的呢?

于是，接下来我也一头扎进滚滚人潮里去了……

"台大"的"中西合璧"让我印象深刻

"台大"跟清华、北大一样，也是蜚声海内外的高等学府，但是风格却颇不相同。相较之下，"台大"受西方文化影响似乎更多一点，放眼看去，大多是西式建筑。当我从一座又一座欧式拱门下面穿过的时候，我一直在想，像我这种以传统中国文化为根基的一类人，在这样风格迥异的环境下学习，将会是一种怎样的感受?

心底里有一丝期冀，若是有机会，能跟这里艺术系的老师同学们交流一番，一定要深入了解一下，他们对于"中西合璧"是如何融会贯通的，这对于我以后的艺术道路，一定会有许多启发和意义。

被铺天盖地的台湾小吃征服

台湾最著名的就是当地小吃了，由于近几十年来与国外交流频繁，饮食文化的丰富堪称综合大陆、欧美之缩影，但普通的饮食仍然保持着浓厚的中国南方色彩。牛肉面的鲜美清淡，卤肉饭的肥而不腻，凤梨酥的甜沁满口，烤海鲜的香浓四溢，都让我们赞不绝口，大快朵颐。我也终于喝到台北正宗的珍珠奶茶。

走在台北很出名的士林、捞河街夜市，我更是眼花缭乱，这里只有晚上9点后才开放，我们品尝了蚵仔煎、红豆饼、猪血糕、鲨鱼腌、盐酥鸡等各具特色的台湾小吃，真是一次味蕾的狂欢。若非匆忙少时光，定争一览好风光。

台北的外景拍摄，我们去了不少地方

台北的地铁和北京大致相似，但由于台北的楼房特别密集，在地铁上看外面的景色，也别有一番特色；在台北市立美术馆碰到了一大群中学生们，被簇拥着要求合影，学生们兴致勃勃，齐声祝福我成功；台北故宫广场十分壮阔，六根巨大石柱所组成的牌坊上题有孙中山先生的手迹——“天下为公”，拾级而上，就可见到刻有“博爱”二字的铜鼎……

亚热带的特殊气候为台湾带来了丰富的水果资源。随便走进街头一家水果店，都是琳琅满目；我们在大陆很少见到的水果，这里却应有尽有。有趣的是，朋友们把特产“旺梨”送给我，预祝我演唱会成功的时候，我才发现原来这个神奇的水果在台湾叫“旺梨”，在大陆叫“菠萝”。

最让我安心的莫过于去庙里抽到的一支“上吉”签，签上曰：苏秦三寸足平生，富贵功名在此行；更好修为阴骘事，前程万里有通亨。想想到台北之后，每天都在忙碌，即便偶有空闲，小作休憩，心里也停止不了各种思考，我的状态一直是有些紧张忐忑的，明天就要开演唱会了，这道吉签仿佛给我吃了一颗定心

美麗之路一朵絢爛盛開在藝術殿堂的
兩岸同歌，一場唱響兩岸文化藝術交流
美麗之路
陳思思臺北
2009年10月31日 周六/1
臺北國父紀念館大會堂

花，
唱盛會。
唱會

丸，让我释然，心里渐渐踏实安妥，虽然明知是心理作用，但我将它作为一个美好的祝愿，也是极有效的。

在几天的拍摄里，我发现海峡两岸不论是历史、文化还是民俗，都是那样相近，真的像我的歌词里所表达的：只要心中有爱，距离就不会遥远……

我眼中的四大嘉宾

成龙篇：有的人在台上和台下是两种完全不同的人，成龙大哥则是说话跟唱歌时会变得不一样。前一秒他还在那里连说带晃地比画着，手舞足蹈；下一秒音乐响起，那低沉舒缓的浑厚嗓音从麦克风里流出，他便如同一座大山，深邃的眼神、沉稳雄壮的气度让在场每一个人都为之折服。我们在台上排练了半个多小时，对唱了一遍又一遍，越唱越投入，越唱越默契，最后一遍时达到了完美的融合，连在场的工作人员都忍不住放下工作，对我们报以十分热烈的掌声。他却抱拳作揖，说辛苦大家了，希望大家能一鼓作气，坚持到最后，帮思思一举夺得胜利。

莫华伦篇：华伦哥依然像往常一样洒脱、自然，丝毫不带拘谨。他往话筒架前面一站，便是那样的厚重沉稳，雄浑的歌声在整个大厅里回荡着，以至于我在彩排时常常有种错觉，这个"华人第一男高音"即便没有话筒，也可以让所有人都一饱耳福。他是一位情感深的人，演绎起来，整个人都会全身心地投入歌曲里，激昂绽放。

齐豫篇：齐豫姐还是印象里那么随和。我从小就爱听她那首百听不厌的《橄榄树》，这次能和她一起携手，演唱大家耳熟能详的台湾民谣《阿里山的姑娘》，心情激动。姐姐说她很开心，音乐是无界的，我能把大陆的民歌带到台湾民众面前，这是很好的事情。拉住姐姐的手，我们一边唱一边踱到台前，自然地相视而笑，我们从彼此眼中看到的是，含在那笑意里的温馨和赞赏。

林志炫篇：志炫唱歌的风格就如同他的人一样，细腻里带着狂野，温柔里带着豪放。他是个特别细心而又认真的人，他敬业的精神让我备受感动，同时又觉得温暖。彩排开始之前，他早早就到了，然后来我的化妆间和我对词，谈他自己对整首歌的思考和感悟，这让我心里也很踏实。所以每当他的歌声飞扬起来的时候，我都越发觉得轻松自如。

台北庆功宴

台北演唱会终于圆满结束了！绷紧的神经慢慢松弛，紧张的状态也暂时告一段落。

当晚回到酒店，主办方“中华文化推广协会”准备了一个宴会迎接我，为我庆功祝贺。每个人都喜气洋洋，兴致高昂，送给我浓浓的祝福和关切的问候。我欣慰之余，万分感动。

当我回过头看看，这一路走来确实太不容易，为了整场晚会，大家都倾注了全部的心血，默默付出，不计收获。现在音乐会圆满结束，取得了耀眼的成绩，并且意义深远，此时此刻，每个人心里曾有过的压力也消散于无形，取而代之的是巨大的快乐感和幸福感。

庆功宴上，我颁发了匾牌并赠送礼物给参与此次音乐会演出的重要部门。我深深感谢着他们以及此次音乐会组委会的每一个人，是他们的努力成就了此次音乐会的巨大成功，是他们辛勤的付出让我感受到了真诚和友爱，让我有力量勇敢地面对接下来的挑战，迎接下一站的辉煌和灿烂。

在这里，我要特别地再次衷心地感谢，因为你们，让我在“爱的旅途”上充满了自信和欢乐，收获了无数友谊和荣耀，我会一直勇敢而自豪地走下去！

和齐豫合唱△

和成龙合唱△

Chapter

—

06

“美丽之路”3:
纪念辛亥，放歌澳门

美丽之路演唱会的第三站是澳门。

2011年8月6日晚，为纪念辛亥革命一百周年，中华文化联谊会、澳门基金会在澳门综艺馆共同主办了“美丽之路——陈思思澳门演唱会”。这又是一次全新的挑战，也是继台湾演唱会后的一次别样绽放。

8月2日，我抵达澳门银河酒店，众多人士已经守候在那里，热情洋溢。全国青年联合会副主席马志毅先生、澳门基金会的领导、澳门媒体，还有热情的歌迷，热烈欢迎我的到来。细心周到的工作人员给我送上了具有澳门当地特色的礼物，歌迷献上鲜花，我开心不已，心头又萦绕着久久的感动。

8月3日一大早，我和工作人员就出发了，我们的目的地是镜湖医院、澳门国父纪念馆、澳门扶康会宝翠中心、大三巴牌坊等地。在演唱会前抽出空隙，重温孙中山先生在澳门曾经生活和工作过的路线，重忆辛亥革命的伟大历程，缅怀孙中山先生，是我此次澳门之行的重要日程之一。

镜湖医院是澳门当地历史悠久的医疗机构，孙中山先生在1892年来到该院担任义务医生，成为澳门第一位华人西医。镜湖医院同时成为辛亥革命的重要策源地，正是在这里，孙中山先生开始了他为之奋斗一生的事业。因此，医院里保留了很多有关的文物，一一陈列在展室。

接着，我们来到澳门国父纪念馆，这里原是孙中山先生与其家人的寓所，经过澳门民众的修整，已然成为纪念孙中山先生的重要建筑。在国父纪念馆，我们参观了馆内陈设的文物家具、孙中山先生在澳门行医时所用的物品、孙中山先生的真迹以及生前的珍贵照片。这些文物无一不记载着这位伟大革命先行

和黎明合作△

者百年前走过的历程。

除了重忆辛亥历程，我此次澳门之行还有一个特别的活动，就是去看望澳门扶康会宝翠中心的朋友们。扶康会宝翠中心是一所专为智障成人提供职业技能发展训练及就业服务的机构，传授智障人士一技之长，协助智障成人发挥其潜能，使他们能够自力更生，更好地融入社会。无论从哪个角度而言，我都相信，这是帮助这群特殊朋友赢得人们的尊重并与正常人一样生活的最好方式。此行，我收获良多。

在大三巴附近，我终于抵御不了美食的诱惑，大快朵颐，将澳门当地驰名中外的小吃一一品尝。

这一天的温馨之旅，收获多多，随着崭新的一天到来，演唱会又近了一步。

让我异常感动的是，演唱会前，澳门前特首、全国政协副主席何厚铧先生抽出时间接见了我，何厚铧先生非常和蔼，亲切地询问我演唱会的准备情况，再次为我即将开始的演出加油打气。而早在演唱会筹备阶段，何厚铧先生获知我要在澳门开演唱会的消息，就专程为演唱会题字，并送上了祝福。

8 月 6 日晚，澳门综艺馆宾朋满座，社会各界知名人士一百多人，与澳门各界群众代表数千人一起出席了演唱会。李双江、刘青、王佑贵、吴颂今等音乐界泰斗也前来为我助阵。演唱会由名嘴吴大维、李霞共同主持。在大家的支持和鼓励下，我一气呵成，在澳门乐团的配合下连续演唱了《送别》《黄水谣》《牧歌》，淋漓尽致地献上我的真诚，深情绵绵地唱出我的情谊。非常凑巧的是，当天是七夕节，于是为了纪念“牛郎织女鹊桥会”的传统，我和黎明演唱了一首表达美好爱情的经典老歌《甜蜜蜜》，希望能让大家感受到一份温馨甜蜜。黎明当晚因患感冒而导致声音沙哑，但他丝毫没有懈怠，坚持为我助阵，并在演唱自己代表作时飙高音，充分显示出一个优秀歌唱家的敬业精神，让我感怀不已。

澳门著名歌手黄伟麟作为东道主，与我一起唱响《七子之歌》，深深打动了在场的同胞们。歌为心声，此时此刻，同胞们沉浸在歌声里，对于祖国赤诚的爱和祝福涌现心头。

纯净的声音碰上纯粹的乐器，才会迸发出最动听的和声。在走过《爱的旅途》，诉尽《新不了情》后，著名钢琴演奏家刘诗昆为我奏响了《渔光曲》，悠扬美妙。接着，我还与周杰伦合唱《珊瑚海》，将流行与民歌进行了一场柔美融合的大胆尝试。演唱时，我在开头段与周杰伦用通俗唱法对唱，在高潮部分，则是采用了民族唱法，在短短5分钟的一首歌里，我们以全新的形式展示了“新民歌”与流行元素兼容的魅力，让大家耳目一新，掌声如雷，掀起了当晚演出的最高潮。

演唱会即将结束时，我将我的几位老师请上了舞台。从我踏上艺术之路开始，他们一直孜孜不倦地教育着我，引导着我一步一步成长。吴颂今老师为我打开了新民歌的大门，王佑贵老师、刘青老师为我创作了众多优秀的音乐作品，李双江老师为我传授了深厚的音乐理论。我今天的每一步成功，都离不开他们对我的教诲和指点。

谢幕前，我与诸位老师及演唱会嘉宾一起合唱了《明天会更好》，预祝澳门的明天更光明更灿烂更美好。何厚铧先生、中联办副主任高燕女士都上台衷心地向我表示祝贺。部队领导郭政建、刘永江、李广利对我的演唱会给予了充分的支持与肯定，并专程赶到澳门观看。

纪念辛亥，放歌澳门。8月6日晚，我满怀感动，将鲜花与掌声献给大家，感谢所有人台前幕后的支持！

澳门，再会！

澳门演唱会大合影△

Chapter

—

07

“美丽之路”4：走香港，给你最潮的声音

庆祝香港回归15周年
陈思思
美麗之路
香港演唱會
2012年5月20日 20:00 红磡体育馆

和潘玮柏合唱△

和任贤齐合唱△

5月20日的香港红磡体育馆，让我一生难忘，从筹备到排练到正式演出，历经整整一年的时间，我也终于实现了把新民歌唱到香港的愿望。

2012年5月20日晚，为庆祝香港回归祖国15周年，我在香港红磡体育馆举办了一场以“我爱你，香港”为主题的大型公益演唱会。这次演唱会早在一年前就开始了精心的策划与准备，最大的突破便是实现了民歌与流行音乐的结合，融传统与时尚为一体。此次演唱会，得力于众多明星的积极参与和大力支持，使得我们的民歌音乐大放异彩，流淌出了最潮的声音。而我，荣幸地成为首位在香港举办个人演唱会的民歌手。

香港演唱会的总导演戴玮，美丽优雅，年纪轻轻就已执导过40多台大型文艺晚会，导演过电影“西藏传奇爱情三部曲”，并荣获第十五届韩国最高艺术奖——最佳外国导演奖。作为一名优秀的新生代女导演，戴玮以女性独有的视角对此次演唱会提出了独特的执导理念，这让演唱会的服装造型、灯光舞美，时尚、流行、活力等元素相当突出。

和林子祥合唱△

在个人形象设计上，我也有了很大的改变和突破，融进了诸多国际元素。著名的时装设计师马艳丽女士为我助阵，进行舞台造型艺术，为我打造了新颖时尚的礼服，她的设计延续了流畅硬朗的线条感、国际化的廓形和剪裁，然后由十几位技师日夜手绣制成。与以往嘉宾定制的演出华服所不同的是，这一次马艳丽结合复杂的舞台变换效果来打造开场服装，每套演出服通过简单的动作就能达到“紫荆三弄”的绚丽效果。恰逢 2012 年是龙年，服装在设计上也力求打造出龙腾盛世的华美极致——以“金色”为主调，辅以珠片、施华洛世奇钻石等重手工装饰，勾勒出无与伦比的“龙美人鱼”，华丽恢宏。

这是一场众星云集的盛会，也是一场爱心的接力，一场艺术的大改革、大突破。

当晚的红磡体育馆热闹非凡，由香港主持界前辈级的老大哥曾志伟和央视当家花旦朱迅联袂主持。林子祥、任贤齐、潘玮柏、Twins、飞儿乐队等众位巨星好友和我同台竞唱，为我们祖国的日益强大鼓舞声威，更为回归祖国怀抱 15 周年的香港祈福。

嘉宾为观众们奉上了自己的珍爱之作、经典之作。

我与歌手任贤齐可谓神交已久，在香港演唱会上我们首度合作，联袂演唱了以香港为主题、为全球华人所传唱的经典歌曲《东方之珠》；与时尚摇滚的飞儿乐队的合作更是大胆创新，演唱民歌经典曲目《花儿为什么这样红》时，将民歌悠扬的旋律与流行摇滚的爆发力和张力大胆地进行了融合，力争让传统民歌迸发出别样的韵味。一首与潘玮柏合作的《月亮代表我的心》，更是感心动耳。此前在澳门演唱会上，我与周杰伦合作的《珊瑚海》还并非周杰伦代表性的说唱风格，而此次《月亮代表我的心》则是典型的“嘻哈民族风”——在优美慢板的抒情流行乐中，既融入了民歌清丽柔美的元素，也融入了嘻哈说唱的 R&B 风格。可以说这次尝试，再造了《月亮代表我的心》这一经典曲目的另一番风味。此外，我还与香港本土的 Twins 组合合唱了《狮子山下》，与香港乐坛“唱功之王”林子祥合唱了经典曲目《选择》……每一首合作的曲目都打破了我原有的演唱风格，让我深切感受到艺术是多元的、无界的，也是充满魅力的，更是民族的世界的。

这种多元化风格的熔铸，赋予了我们的民歌无限的新意，让民歌艺术爆发出新的特色与活力，流淌在美丽的香江。

当然，但凡改革，就会有人鼓掌，也会有人质疑：这样雅俗不分、肆意篡改，民歌的纯洁性何在，新民歌还是民歌吗？所谓“嘻哈民歌”“摇滚民歌”更是破坏了民歌原有的风味，显得不伦不类。

就我的理解而言，几千年来，所谓“民歌”就是我们民间普通百姓自娱自乐的一种方式，它是属于大众的音乐。所以，我们的民歌要传承也要发展，需要更多新的形式，吸收所有的养分积极生长。这样才能够吸引更多年轻的观众，让我们的民歌不会成为小众音乐，也让我们的民歌能够在传承中绽放时代的魅力。

谢谢一路支持我的家人和朋友，香港红磡演唱会是我在艺术道路上非凡的体验和刻骨铭心的经历。

5 月 20 日的香港红磡，感谢！感恩！感动！

和 F.I.R 乐团合作《花儿为什么这样红》▷

和 Twins 组合合唱▷

思情

不忘初心，方得始终

愿所有努力的我们，都能被世界温柔以待

NO.

4

KENZO

Chapter

—

01

师恩难忘

每个人的生命里，都充满机缘巧合。

有那么至关重要的几个人，会在你的生命中扮演着特殊的角色。他们影响你，鼓励你，在你的人生关键的链接处推动你向前跨越。他们可能不是亲人，却像亲人般融进了你的生命之中。无论你走得多远，无论你多么成功，他们始终是你生命中最重要的人，让你感念终生，永远难忘。

于我而言，我的恩师吴颂今老师就是这样的人。

吴老师生于南方，长在北国，毕业于上海音乐学院作曲系，是国家一级词曲作家、资深音乐制作人。早在高中时他就显露出非凡的音乐才华，1980 年从上海音乐学院毕业时，他以一首《井冈山下种南瓜》红遍大江南北，名动一时。他曾任江西省音协《心声歌刊》和《心声词报》的副主编；1987 年他辞去高职，舍弃大住房，毅然南下广州，加盟中国唱片公司广州公司，开始在音乐的殿堂里大展鸿图。

吴老师栽培了很多知多歌手。1990 年初闯羊城的张咪，唱着吴老师的第一首 MV《灞桥柳》，一步步登上流行歌坛；借由《风含情水含笑》等一批爱情小调，吴老师把他的小乡党杨岗丽（即后来的杨钰莹）唱成了“甜歌玉女”；他用民歌的霓裳把湘妹子张也打扮得《千娇百媚》；他精心为思浓、思雨兄妹俩搭起了《情歌精品屋》……因此，吴老师被美誉为“歌坛园丁”。

羊城前 8 年吴老师事业大步走，从 1995 年开始，老师开始“驾机飞天”了！“座机”便是于 1995 年元月正式成立的“颂今音乐工作室”，我荣幸地成为工作室第一位签约的民歌手。

第一眼见到吴老师时，我非常惊讶，“父亲”二字差点脱口而出。他棱角分明的五官、儒雅的谈吐、朴素的衣着，像极了我的父亲，连一旁的母亲也直感叹天地间竟有如此相似的人。这样奇特的“缘分”， 让我时常有种父耶师耶的错觉，也便自然而然拉近了我和老师之间的距离。

当年，我和老师共同努力创作和演绎的《情哥哥去南方》，融入了我和老师父女般的情谊，老师费尽心血地创作，我精益求精地努力歌唱。

和老师携手走过的岁月里，有艰辛，有成功，有喜悦，有忧伤，这些犹如一幅幅多彩的画面，定格在我的脑海里。师母煲的汤老师送的饭，仿佛还冒着丝丝的热气，飘荡着阵阵的余香，无论我经历过多少岁月的荣耀，那份温暖，那份关怀，始终常驻心间。

北京的地铁里，老师犹如父亲般的唠叨，似乎还在耳边回荡，当时的不耐早已化作今日的怀念；上海的地下室里，老师让我体会“闯荡”“奋斗”“辛劳”“努力”“进取”……这些词的真正含义。

当《情哥哥去南方》唱响南国歌坛、获得大奖时，我和老师一同流下了欣喜的泪水，那激动人心的场面至今历历在目。

而最让我牵怀的是，老师的一个“挎包”。

满腹才华的老师有着异乎常人的俭朴，常年背着一个旧挎包，颜色泛白，式样陈旧，吊在老师身上，老师便像是生活在20世纪60年代的知识分子一样。这种挎包在90年代繁华时尚的中国南方几乎绝迹，而它的主人竟是一位著名

美丽之路一朵绚烂盛开
两岸同歌，一场唱响两岸
流协会
有限公司
/19:30

的艺术家，说出来都让人难以置信。而这样一个挎包，老师整整用了十年。我多次忍耐不住，劝老师换个包，老师微笑着摇摇头。有一次，我到香港演出，特地花了一万多港币给老师买了一个带密码锁的，我自认为这样气派大方的名牌包才符合老师的身份气质，想象着老师背着新包的神气样子，我开心不已。不承想，隔了一些时日，老师来北京看我时，首先映入我眼帘的还是他那件旧得不能再旧的老物什——挎包。

“我送的新包呢？您为何不用？”我有些纳闷。

他笑着回答说：“想用，可惜没那命。”

老师从箱子里把包拿出来递给我，背包仍光洁如新，还不曾打开。原来老师不会使用密码锁，所以只好一直搁置。我赶紧帮老师打开密码锁，调整好长短尺寸，郑重其事地帮他背好包，然后，我们像一对父女般开怀大笑起来。

父耶？师耶？我已无法分清，那些温暖又珍贵的点点滴滴，在我的人生中流淌不尽，有对恩师的感激和由衷的敬佩，又包含着一种对父亲的热爱和发自于心的崇敬……这些情感汇聚在一起，如清澈的暖流，激荡在我的心田，萦绕着我，包裹着我，呵护着我，又激励着我，化作我生命中永不消逝的最珍贵的情谊。

师恩，永生难忘！

Chapter

—

02

在困境中学会成长

生活的道路不可能永远是坦途，必然会遇到令人无奈的困境，甚至是绝境，但濒临绝境未必是残酷，也可能是命运给予的巨大恩赐。

在我的生命中，就有过这样一次难忘的绝境体验，而这次体验带给我的是满满的感动、收获与成长，在我的生命里烙下了永不磨灭的痕迹。

那是我拍摄《走进丽江》时的一段经历。

当时外景选在玉龙雪山。那天游人如织，为了保证画面的艺术效果，我们只好避开游人，到达了海拔 4800 米的雪山，而且摄影组还决定继续向上爬行。因为担心我身体吃不消，摄影组的黄导特意关切地问我有没有高原反应。我和他们一样迫切地想拍出最佳的艺术效果，所以毫不犹豫地回答黄导：“我的身体很好，绝对没问题。”结果，始料不及，我不仅产生了强烈的高原反应，还遭遇了“不测风云”，那一次惊心动魄的经历，现在想来，仍然让我感到恐惧。

黄昏时，突如其来的暴风雪铺天盖地地侵袭玉龙山，反复砸向我们，四周一片黑暗，寒风在耳边不停地咆哮怒号，被风雪鞭打着的我们全力保护着摄影器材，但还是抵不过暴风雪的疯狂摧残，所有的器材全被毁坏。更可怕的是，下滑的索道也停止了运行，我们无法下山，无处躲避，被困在了风雪肆虐的雪山上。

暴风雪打着圈儿侵袭着我们，寒气逼人，我们忍不住颤抖起来，有些惊慌。山上的休息室已经关闭，空气越来越稀薄，缺氧造成的高原反应乘危而入，有几个人支撑不住倒在了地上，而我是反应最强烈的一个。同行一共有 13 人，只有一个氧气瓶。无奈之下，有人打破了休息室的玻璃门，把我和几个倒在地上的同行抬了进去，暂时避开了暴风雪的撕扯，但缺氧让我感到了生命的垂垂可危。我躺在地上，害怕地想着：完了，“泰坦尼克号”似的灾难被我遇到了，小命恐怕今天要丢在这里了。

高原反应让我头疼欲裂，四肢无力，呼吸越来越困难，刹那间，我仿佛嗅到了死亡的气息，悲伤惊恐的感觉犹如潮水般向我涌来。闭上眼，无数的往事回放倒带，我想起了我的母亲、我的家人，想到我璀璨的生命要就此结束，不觉悲从中来，泪如泉涌。我挣扎着最后一点气力，给家人发了一条短信让家人保重。

我惊恐又绝望地闭上双眼。

“是党员同志的，请举手！”昏迷前，我依稀听到黄导的声音，接着，摄影师李明把我抱了起来放在床上，他们把唯一的一瓶氧气让给我，同时又用他们温暖的怀抱捂着我冻伤了的脚。

虽然我已经无法言语，但我的意识却突然越来越清晰，他们在舍己救人，如果生存的机会只有一个，显而易见，他们将这个机会让给了我，我无法动弹，内心充满了感动。一瞬间，如电光击石般，我突然不害怕了，我不再恐惧死亡。我对自己说，看看他们吧，这些勇敢的、无所畏惧的人们，面临灾难时，他们不是像你这样绝望悲伤，而是坚强应对，沉着处理，将生存的机会让给你，他们才是真正的大写的人，相比之下，你是多么渺小懦弱啊！

凌晨两三点，救护人员终于赶到，我们全体人员得救。

这看起来像惊险片，却不是电影，是真切发生在我们身上的最真实的生活场景，惊恐而残酷。

“是党员同志的，请举手！”

这句话至今仍然不时在我耳边回荡着。它让我自省，催我上进，伴我前行。因为，我也是一名党员，而黄导、李明和所有《走进丽江》的同行们，成了我做人的楷模。

人生之所以有绝境，是因为我们要突破要挑战。面临这突如其来的人生绝境，我触摸到了心灵中最脆弱的角落，也激发出新的生命活力。

感谢黄导，感谢李明，感谢所有帮助我让我感动的人！感谢丽江，甚至，感谢那一场暴风雪。

《走进丽江》，收获所有，我成长了！

Chapter

—

03

军装的色彩

陈思思
CHEN SI SI

每次穿着军装下部队演出，我都会对这一身军装有新的认识。

有一次，我带队下部队演出。记得当时天气异常恶劣，寒风凛冽，冰天雪地，盘山公路上停着我们的两辆车，前车侧翻在路边，斜靠在山路边的峭壁上。十来个人伏低身子，嘴里喊着“一二三”，试图把前面侧翻的车辆正过来，这是在河南栾川、卢氏两县交界的皮皮岭上，陡峭而狭窄的盘山路被冰雪覆盖，推车的人脚下打滑，明显使不上劲。于是在队员的建议下，大家齐刷刷把鞋脱了，再次伏在地上推车。经过战友们的共同努力，侧翻的车辆终于被正了过来，车里的 4 名演员也顺利逃生，虽然受惊不小，所幸并未受伤。

十几名演员和两位司机面对着冰冻的盘山路，呆愣着——这是我们二炮文工团进行常规下部队慰问的队伍。这种全团出动的下基层慰问演出，团里每年要组织 3 到 4 次。这次由我带领的这一路人马共有 13 名演员，走的是河南、湖北一线，演出为期 9 天。这些天来，他们早起演出，白天赶路，晚上继续演出，已经疲惫不堪，但演员们的精神状态十分高昂。

这辆运送行李并装载了 4 名演员的车在山路上严重打滑，突然 180 度打转。幸好在司机的控制下车辆撞在了山壁上。如果车子向悬崖一侧滑去，后果将不堪设想。

演出时间越来越近，前方部队的官兵已经坐在礼堂里等待演员上场，刚刚经历过意外事故的演员们惊魂甫定，但稍后，大家便以立军令状的热情请求继续前进，队伍里年纪最小的演员郭芳芳也坐在出事的行李车上。我慎重考虑了一下对她说：“今天你先休息，就别上了。”不料却立刻遭到了拒绝，郭芳芳坚决要求正常上场。

2017 年，赴朱日和基地慰问△

中午 11 点，距原定的演出开始时间已经过去了 1 个小时，官兵们整整齐齐地坐在礼堂里等待着，而演员们才赶到——我们迟到了！但是没有任何责备，行李车坏在路上，演员们没有办法也没有时间换衣化妆，我们只有带着饱满情绪登场表演。意外的是，那天的演出状态比以前还要好！第一个上场的就是郭芳芳。台下演出接待单位的团领导激动地对我说："受了这么大的惊吓，还拿出这么饱满的激情，可真是人小志气大！"

危险、伤病、气候恶劣都只是下部队演出的一些小小考验，不管多么声名显赫的大牌演员都不能逃避——只要你穿着军装。我想起第一次下部队演出的经历，更是深深地体会到了这一点。

当时，少年成名的我还无法适应部队生活，飞机、火车、汽车，一路奔波，水土不服的症状屡屡出现，走到高原地区的时候，我已经因为高烧和肠胃不适而病倒了。到达演出地点，带队领导指示所有演员只有半个小时时间卸行李、化妆，之后统一开饭，然后就要演出。时间如此紧迫，发着高烧的我心里立刻生出了几分不悦。之前无论在哪里演出，都不会这么急促紧张，况且，我现在已经带病在身。我一冲动，直接就找了团领导，说明了自己的身体状况，然后要求今晚不上台。没想到团长的回应却异常严肃："这么远的路你来到这儿，大家也看到了'活的'陈思思，你自己说你该不该上台？！"这不近人情的回答，让本就没打算带病演出的我更加气恼，一赌气就钻进了被窝。

迷迷糊糊中，我感觉到有人在身边，睁眼一看，两男一女 3 位小战士站在我的床前，有点手足无措，看起来是想叫我起床又不敢开口。见我睁开眼，战士们也就七嘴八舌地说起话来。一名战士递上了从后山采来的野花，另一名战士说："思思老师，我们知道您是湖南人，我跟您是老乡。听说您肠胃不好，我这儿有我妈妈刚从老家寄来的腐乳和咸菜，等会儿我给您端碗热粥去，您就别吃别的东西了！"一旁的女兵也开口道："思思老师，以前在电视上看到您总是穿着礼服。我们特别想看您穿军装的样子，可是还没看过，我给您画了张穿军装的画像，服装是凭想象画出来的，您看看像不像？"我伸手从女兵手里接过一幅素描，画面上是自己穿着军装的样子——我的心里突然袭来一阵阵的愧疚和自责。

小战士们都知道自己是军人，既然是军人，怎么能不服从命令、不执行任务呢？！何况这是我第一次下部队啊……

"给我 20 分钟时间，我跟你们一起过去！"我从床上爬起来换服装、化妆。20 分钟后，身着军礼服的我站上了舞台。这是我第一次面对这样的舞台，台下观众人数并不多，但每双眼睛都是单纯的热望，一拨盖过一拨的拉歌声音更足以感染任何身在其中的人。

“今天我的表演状态不是最好的，但这是我心情最激动的一次演出。这是我第一次穿军礼服演唱，你们要我唱什么，我都会一首首唱给你们听！”我高声对战友们说。

那天，我带病站在台上，连唱 7 首歌，战友们不时一个个冲上台来，有敬礼的，有握手的，还有献花的。7 首歌唱完，战友们手拉手搭起了“人肉担架”，将我抬到医务室挂上吊瓶。这是部队最淳朴和感人的一幕，对任何特招入伍的明星来说，这种特殊时刻的情感体验是不同以往任何演出和活动的。从这天开始，我彻底认识到，自己成了一个兵。

担任了文工团的副团长后，我更加清楚地领会了，穿上军装就意味着使命和责任，下部队演出时的身份除了演员之外，还多了“组织者”和“带队者”的身份。安排演出时，我会把自己安排在演出场次多、任务重的地方。第一次带队下基层，从北京出发，10 天时间跨越 6 个省级行政区，连演 27 场。湖北、湖南、江西、广西、云南……很快，我肠胃不好的老毛病就又来了。接待部队的同志看我情况不对，劝我留下来休息几天再走。此时此刻，我心里也是百般纠结：初次作为团领导带队，一定要有率先垂范的作用，轻易下火线首先就没法向自己交代；但身体状况确实出了问题，硬要和大家绑在一起，拖了队伍的后腿又怎么办？思虑再三，我还是选择继续上路，但肚子不舒服，一路上又没时间随时停车找洗手间，所以我不敢吃喝，没走多远就出现脱水症状。

好不容易到达一个野外驻训点，条件异常简陋，躺在行军床上的我全身无力，责怪自己的身体太不争气。我嘱咐战友："到我的节目时一定要来叫我！"然后沉沉睡去。

后来才知道，提醒我上台的战士看到我的情况，没敢开口，而我在蒙眬之间，隐约听到台上的主持人说："今天我们的节目就要接近尾声了……"蓦然惊醒，抓起对讲机对台上的主持人喊话："3 分钟！ 3 分钟之后我上台！"

主持人刚向台下观众说明情况，我就强打精神登上舞台："今天送大家两首歌，一首是《绿色的背影》，一首是《亲兄弟》。"原本以为，这样病歪歪的自己连两分钟都坚持不了，结果在台上居然完完整整地唱了两首歌。走下舞台在去医务室的路上，一头是焦急的军医，一头是依依不舍的观众，一路走得真是"一步三回头"。在我心里，来到这里不是为了展现艺术水准，而是完成一种珍贵的情感体验，一种军人职责下的情感碰撞和交流。

我常常想，军装的语言是什么？军装，承载着责任和使命。在战争年代的血雨腥风里，它书写的是"保家卫国"；在和平年代明媚灿烂的阳光下，它意味着"服务人民"。一身军装穿出的是勇敢坚强，英姿飒爽；一身军装穿出的是侠骨柔肠，阳刚俊朗；一身军装穿出的是好男儿为国为民，志在四方；一身军装穿出的是巾帼不让须眉，爱红装，更爱戎装。这就是军装的语言。

作为一名军人，着一身军装，方知军装的语言是如此豪壮。读懂了它，又怎能不心潮澎拜，豪情万丈？！

Chapter

—

04

军歌伴随我成长

1921

每年的“八一”建军节期间，很多部队文艺工作者都会用自己的歌声来表达他们对于军旗、军队、军旅梦想的热爱。我作为一名军旅歌唱家，自然也不例外，每次唱响军旅歌曲，更是豪情丛生，细数这些年来我演唱的军歌，每一首都铿锵嘹亮。

•《亲兄弟》是我下部队的必唱曲目

1999 年我进入部队，第一首军旅歌曲的代表作就是《亲兄弟》。

每次下部队慰问演出时，这首歌曲是战友们呼声最高、最喜爱的军歌，因此成为我每次下部队演出的必唱曲目，也就是凭借着这首歌曲，我获得了“火箭兵最受欢迎女歌手”的荣誉称号。

•《拥军爱民》军民团结一家亲

在宁夏拍《拥军爱民》的 MV 时，我认识了一位西北军妈。黝黑的皮肤下泛起爽朗，声音像男人一样粗犷而又富有磁性，她和这块神奇的土地一样，让我印象深刻。这位多年以前从江南漂过来的知青，义无反顾地嫁给了一位西北汉子，含辛茹苦地把她的 3 个孩子都培养成了优秀的军人，成为一名名副其实的“军妈”。她对我们每个人都嘘寒问暖，关怀备至。拍摄间歇，她拉着我的手和我闲话家常，亲切地叫我“孩子”，我的心立马变得柔软了。她把每个战友都当成自己的孩子，这样的母亲，如何不让人肃然起敬？尽管大漠的风沙早已席卷走了她那江南女子的纤弱柔美，但重新赋予了她刚毅和硬朗，更让人难忘。

军博收藏陈思思“美丽之路”
系列活动全套资料 ▷

我们离开宁夏时，军妈带了她亲手做的点心给我们送行。当她挥手向我们告别，追着我们的车大声喊着“孩子们，下次再来，大妈等着你们”时，我的眼眶潮湿了。大漠那漫天肆虐的黄沙，片刻间幻化成了飘飘洒洒、轻舞飞扬的美丽花瓣，充满了柔情和诗意，而那远去的小小身影，无疑是这柔情和诗意中的点睛之笔。

• 《等你回来》期盼团圆之梦

和平年代，军旅歌曲的题材越来越宽泛，不仅大气的《一二三四歌》可以流行，《军中绿花》这样的通俗歌曲也得到了广大士兵的喜爱。2006 年由海田作词、胡旭东作曲的歌曲《等你回来》创作完成，随后在 2007 年公安部春节晚会上，我受邀演唱了这首歌曲。

随即，《等你回来》迅速传播，其中的歌词“你绿色的身影在我梦中伴月圆”引起了军嫂们的广泛的共鸣。而使《等你回来》的意义变得更深远的，是 2008 年汶川地震时，全国人民都处在深痛的哀悼之中，很多电台广播不断重复播放着我演唱的这首《等你回来》，这首歌曲陪伴着灾区人民度过了最煎熬

《共和国永远是春天》MV 拍摄剧照△

的灾难时期。

•《绿色背影》唱响香港红磡体育馆

2012 年 5 月 20 日，我的“美丽之路”演唱会的最后一场，在香港红磡体育馆成功举办，林子祥、任贤齐、潘玮柏、Twins、飞儿乐队等众多演艺大腕到场助阵。我在演唱会中演唱的唯一一首军旅歌曲就是《绿色背影》。这首歌曲有很多版本，民歌手、美声歌手、流行歌手都曾演唱过，而我作为一名军人，演唱的版本则更侧重于突出情感，这也许是我演唱的《绿色背影》深受广大歌迷喜爱的重要原因。

• 《阵地月光》备受欢迎

2014 年 4 月 28 日，我的新专辑《中国梦》发行，其中的军歌《阵地月光》大受欢迎。

《阵地月光》描述了军人坚守阵地时，即便条件异常艰苦，依然执着于对理想的忠诚，对国家的责任，对生命的激情，对美好生活的向往。军人的青春、情、义都献给了祖国，献给了人民，他们总能在祖国和人民最需要的地方、最需要的时候挺身而出，“为人民服务”是他们始终不变的坚定的信念。他们用汗血与忠诚谱写着人生的篇章与真谛，他们的身体里，流淌着忠义的血液，他们用生命捍卫祖国的安全和统一。

军歌与人民军队相伴而生，伴随着军队的发展壮大而广泛传唱，以其强大的生命力和感召力，感染并激励着一代又一代革命军人前赴后继、英勇顽强地战斗和生活。

作为一名军旅歌唱家，唱好军歌是我一生追寻和努力的方向！

Chapter

—

05

文艺志愿服务，永远在路上

记忆是时光的载体。

云飘散过，花绽放过，在时光的长河中，这些美好已随风而逝，但有些经历却永驻在心间，成为我记忆中最闪耀的时光。

2014 年第一个“中国文艺志愿者服务日”，在文艺志愿者协会成立不久之际，我接到文联志愿者协会的邀请，为纪念红军长征出发 80 周年赴革命老区江西瑞金慰问演出。演出以歌舞的形式，再现当年中国工农红军从江西出发，历经艰险，克关夺隘，走到陕北开创革命根据地的光辉历程，彰显红军不怕困难，英勇无畏，胸怀崇高理想和信念，以及为革命抛头颅、洒热血的长征精神。

我唱起《十送红军》，伴随着熟悉的旋律，由舞蹈表达的“母送子、妻送郎，兄弟争相上战场”的感人场面，瞬间便让我感觉回到那段血与火的战争年代。演出结束后，借此难得的机会，我们又去了瑞金中央苏区旧址、沙洲坝红井等地，重温那段峥嵘岁月，同时走访和慰问了几位老红军的后代和家属，一遍遍和他们共同唱起《映山红》《十送红军》等红色经典歌曲，仔细聆听他们讲述着当年在瑞金发生的鲜为人知的故事，在热血沸腾中久久回味。

临走时，一位李奶奶拉着我的手说：“我是从战争年代走过来的，那个时候大地是舞台，天空就是舞台的背影……今天再次唱起这些经典的旋律，真是触动心弦，奶奶谢谢你们，为你们骄傲！”虽然我这是第一次参加中国文联文艺志愿者活动，但彼时的情景场景却记忆犹新。作为一名文艺工作者，我真切地感受到了革命先烈的艰辛历程，接受到了一次深刻的爱国主义洗礼。

此后数年，我一次又一次地下基层慰问，并从中汲取爱国情怀的养分。从

赴贵阳花溪二小慰问▷

冬日严寒到夏日炙热、从高原缺氧到大漠风沙，从南到北、从东到西，都留下了我们文艺志愿者的足迹。

2018 年 7 月，生态文明贵阳国际论坛在贵阳举行。作为文艺志愿者，我参加了此次活动并献唱歌曲《美丽中国》，用优美的歌声表达出对绿水青山生态环境的美好祝福。

此次活动中，我和陶虹、吴敏霞、刘芳菲等几位文艺志愿者一起走进了贵阳花溪二小宣传生态文明。刘芳菲提倡大家多用手绢节约用纸，培养生态环保

探望“思思希望小学”师生 △

的理念；陶虹以环保知识问答的方式与孩子们亲密互动，向孩子们传递环保小知识；吴敏霞与孩子们分享跳水的小知识，呼吁孩子们保护好身边的水资源。

我作为最后一位嘉宾走上讲台，望着孩子们天真无邪的脸庞上洋溢的充满希望的笑容，我教他们唱起了《让我们荡起双桨》，为他们描述了“天蓝水绿山青花红”的美好世界，以期在他们心中埋下绿色环保的种子。唱完歌，我用互动游戏的形式来教孩子们树立环保意识。孩子们发言踊跃，回答精彩纷呈，他们对于环保的所学所知让人惊喜。这也让我们更加深信，保护生态环境的意识能逐步渗透到全社会每一个家庭中，让我们的祖国山河永葆美丽。我对可爱的孩子们说：“我们在追逐自己的梦想，并且携手同心实现中华民族伟大复兴的梦想，在梦想实现的路上，尤其要注意保护生态环境。希望我们每个人都能成为环保卫士！”

最后，我为孩子们送上环保书籍，孩子们则将自己利用废旧物品制作的环保手工作品赠送给我：废旧易拉罐做成的存钱罐、废旧衣服做的蜡染画、废旧毛巾做的手绢花……这些珍贵的手工作品，个个可爱精美，我将它们带回家放在我的卧室里，每每看到，心里便涌起异样的情愫，甜美而温暖。

我参加过无数次这样的文艺志愿者活动，一次次地收获了爱与感动、真诚与温暖。无私、友善、互助是我们的信念，奉献力量、传播友爱、播撒温暖是我们的使命。

文艺志愿服务，我们必将不忘初心，激情满怀，砥砺奋进，永远在路上……

Chapter

—

06

真情暖人心

天若有情天亦老，人间正道是沧桑。

《情系大湘南》演出之后，我再次演唱《衣食父母》时，又陷入了时时牵挂又备受感动的情绪之中，心底的期盼和祝福随着歌声呼之即出……这一次，是为了哭泣的饶平。

饶平是广东省最东端的一个县城，2006 年，一场场台风接踵而至，祸及千万家，饶平遭受了巨大的经济损失。尤为严重的是受第 4 号强热带风暴“碧利斯”影响，饶平县各地经受百年不遇的特大洪水袭击，网站、报纸上有关饶平灾情的报道此起彼伏，《潮汕乡情》更是为其做了整期报道，“民房受损，农作物严重被毁，养殖水产品大面积死亡……”“82 万人受灾，56 万人被洪水围困，126 个村庄受洪水淹浸……”“林晓萍等 7 名孩子一时间成了孤儿”等等。据统计，此次洪灾造成饶平直接经济损失达 26.0953 亿元。这些触目惊心的数据，让我坐立不安，心被揪得紧紧的，脑海中不时浮现出孩子们无助的眼神和灾民们在洪水中挣扎的情景，我几乎一刻也无法平静。

获知深圳市饶平商会正在筹划一次赈灾募捐义演晚会，我责无旁贷，想尽些绵薄之力，为灾区作一点贡献。联系到主办单位时，才知道我早已在晚会拟出场的嘉宾名单内，在我主动请缨的同时，商会负责人也正准备联系我，真是心有灵犀一点通！

8 月 18 日晚，“情系饶平，心连乡亲”的大型赈灾义演募捐晚会在深圳世界之窗环球广场隆重举行。尽管连日奔波后频繁演出，我身心有些疲惫，但上台后，我依然是情绪激昂的，我的脸上，写满了对灾区人们的牵挂和祝福。站在舞台上，台下是一双双热情挥舞着的双手，到处是身穿“情系饶平，心连乡亲”白色T恤的人，现场的募捐箱前捐款的人更是络绎不绝，大家慷慨解囊，踊跃奉献。

灾难面前，万众一心，紧密团结。

我被这场景深深感染，与其说是观众在欣赏我表演唱歌，不如说是我在感受观众演绎的人间真情。生活在水深火热中的饶平人，不是孤单地应对灾难，有饶平养育出来分布在各地的儿女，他们争先恐后为家乡奉献祈福；更有数不清的到场和未到场的热心人，默默地奉献着他们的爱心。千千万万的人，和饶平一起与洪灾抗争。

“雏鸟尚知反哺，羊羔还懂跪乳”，我唱着这些词，看着饶平的儿女们全力以赴在不同的岗位上为饶平奔走呐喊，热泪盈眶。

晚会上，深圳饶平商会向社会各界发出倡议，大力支援灾区重建家园，得到各界人士的热烈响应。

晚会结束后，深圳即下起了瓢泼大雨。筹委会人员兴奋地说：“这雨下得巧！”

原来天气预报18号会有大雨，商会工作人员都担心不已，商会领导力排众阻，让晚会得以按原计划进行。开始的前几分钟，细雨如织，大家忐忑不已，结果雨停后，朗朗夜空一直坚持到人去场空，真是天公作美！

晚会结束后，一切复归于平静，但我的心却无法平静。

窗外大雨倾盆，心底的感触也如雨水泛滥。命运从天上给了灾区人民泼下冰冷的打击，热心的人们从四面八方送来火热的心，社会各界爱心人士关注着饶平，关注着遭受灾害的人民，并为之献出自己的一份力量。

千百年来，我们中华大地遭遇过不计其数的灾祸，只有在今天的社会主义社会，我们才不是孤军奋战、独自面对灾难，而是一方有难八方支援，因此，我们的炎黄子孙才能生生不息日益健壮，我们的中华大地才能富饶辽阔日益繁荣。

祝福饶平，风雨过后又见彩虹；祝福祖国，万民齐心更筑辉煌。

拍摄歌曲 MV △

2016 年 12 月走进清华大学快闪 △

Chapter

—

07

愿希望之花处处盛开

整洁幽雅的校园，宽敞明亮的教室，崭新干净的课桌，朝气蓬勃的孩子……这些画面如此美好幸福，也如此常见，在中国，这是大多数孩子生活和学习环境的写照。然而，还有一些孩子，他们生活在闭塞和贫困的角落，环境艰苦，条件简陋，勉勉强强地维持着他们的学业，有的甚至时刻面临失学的困境。

2007 年，为纪念彭雪枫将军诞辰一百周年，我来到革命老区安徽宿州。

走进当地的希望小学时，我的眼前出现一张张带着泥土的芳香、散发着纯真稚气的小脸，还有一双双闪动着聪慧、渴望求知的眼睛，正如多年以前的那张“希望工程大眼睛”的图片点燃了很多人心中资贫助学的爱心之火般，这些面孔和眼睛也催开了我心中的关爱之花，让我不由自主地想走近他们，帮助他们。

我捐资 20 万元给希望小学，我希望眼前的每个孩子都能穿上漂亮的校服，拥有一张崭新的课桌，坐在明亮的教室，像许多城市里的孩子一样，幸福快乐地学习。但我深深知道，我的这点心意对于整个希望工程来说只是杯水车薪，我没有能力改变所有渴望求知、需要帮助的孩子们的命运，但我坚信，只要“人人都献出一点爱”，这些孩子们的命运一定会被改写，生活会变得越来越美好。

2007 年的 9 月 10 日，是中国的第 23 个教师节，看似与我关系不大的节日，我却收获了意外的惊喜快乐。一大早，我就接到来自希望小学的电话，那一声声甜美的叫声，那一句句热烈的祝福，让我的心一直在快乐和感动中飞扬着。

爱出者爱返，福往者福来。

2014年，同样是9月10日，一年一度的教师节，我赴安徽宿州“思思希望小学”探望学校里辛勤的老师和可爱的孩子们，并为他们带去了最新专辑《中国梦》及一些适用的生活用品及学习用品。

宿州“思思希望小学”是我2008年捐赠的一所希望小学，也是我在国内贫困地区捐赠的第四所希望小学。当天，为了迎接我这位特别的“校长”，全校师生们举行了热烈的欢迎仪式。学生们穿着整齐的校服，佩戴鲜艳的红领巾，举着“思思老师我们欢迎你”的横幅以及我的海报迎接我，当地热情好客的村民也纷纷加入，让我十分感动。

走在孩子们中间，我将生活和学习用品分发给孩子们，他们兴高采烈，欢呼雀跃，整个校园似乎也沸腾起来，孩子们天真无邪地跑到我的身边，争先恐后领取着我们带来的礼品，个个露出真诚的谢意，向我表示一定好好学习。

我和师生们合影留念后，参观了学校的教室、图书馆、老师办公室以及校园操场，这里的每个角落，似乎都让我看到了孩子们徜徉在知识海洋里的神情。

离开学校的时候，孩子们依依不舍，争抢着和我握手道别，那一张张小脸，让我更是不舍。

赠人玫瑰，手留余香，谁说奉献不是一种快乐呢？

为了这些可爱的孩子们，为了祖国未来的花朵们，我一定会继续我的爱心工程。愿希望之花处处盛开，所有的孩子都能得到妥善的照顾和应有的幸福！

图书在版编目（C I P）数据

思情话忆 / 陈思思著. -- 武汉 : 长江文艺出版社, 2020.1

ISBN 978-7-5702-0727-5

Ⅰ. ①思… Ⅱ. ①陈… Ⅲ. ①散文集－中国－当代 Ⅳ. ①I267

中国版本图书馆 CIP 数据核字(2018)第 250631 号

责任编辑：李　艳

特约编辑：刘兰青　　　　责任校对：毛　娟

封面设计：漠里芽　　　　责任印制：邱　莉　胡丽平

出版：长江出版传媒 | 长江文艺出版社

地址：武汉市雄楚大街 268 号　　邮编：430070

发行：长江文艺出版社

http://www.cjlap.com

印刷：武汉市金港彩印有限公司

开本：889 毫米×1270 毫米　1/32　　印张：6.25　插页：2 页

版次：2020 年 1 月第 1 版　　2020 年 1 月第 1 次印刷

定价：39.80 元